吕伯攸　吴克勤　编

（大字版）

中国大百科全书出版社　知识出版社

图书在版编目（CIP）数据

中国神话故事：大字版 / 吕伯攸，吴克勤编 . --北京：知识出版社，2023.5

（快乐读书吧）

ISBN 978-7-5215-0798-0

I. ①中… II. ①吕… ②吴… III. ①神话—作品集—中国 IV. I277.5

中国国家版本馆 CIP 数据核字（2023）第 075802 号

中国神话故事：大字版

吕伯攸　吴克勤　编

丛书策划　李默耘
图书统筹　李现刚
责任编辑　钱子亮
责任印制　李宝丰
出版发行　知识出版社
地　　址　北京市西城区阜成门北大街 17 号
邮　　编　100037
网　　址　http://www.ecph.com.cn
电　　话　010-88390659
印　　刷　文畅阁印刷有限公司
开　　本　787 毫米 ×1092 毫米　1/16
字　　数　90 千字
印　　张　7
版　　次　2023 年 5 月第 1 版
印　　次　2023 年 5 月第 1 次印刷
书　　号　ISBN 978-7-5215-0798-0
定　　价　32.80 元

本书资料卡

究竟何为神话？鲁迅先生曾在《中国小说史略》第二篇“神话与传说”里讲过一段有名的话：“昔者初民，见天地万物，变异不常，其诸现象，又出于人力所能以上，则自造众说以解释之：凡所解释，今谓之神话。”鲁迅先生这段话非常客观地定义了神话的本质——远古先民在知识储备达不到的情况下，又对自然现象有着强烈好奇，就自己编造说法来相应地进行解释，这解释流传下来，便成了今天的神话。

苏联文学家高尔基也曾说过：“一般说来，神话乃是对自然现象，对自然的斗争，以及社会生活在广大的艺术概括中的反映。”这也告诉我们，神话并不完全是凭空捏造的，它离不开当时人民的现实生活。在这个基础上，先民们加以想象和艺术化、文学化的再加工，口耳相传，就这样有了神话。

这本书与其说是一本神话故事书，不如说它是一本包含了神话、仙话以及一些民间故事传说的故事书。就像大诗人屈原在《天问》中所提出的一系列问题一样，神话、仙话、传说，不应该理性地加以判断区别，它们都见证了华夏先民对宇宙自然、生命轮回、人性道德的好奇与敬畏。

书中讲述的各类故事，大致以时间为线，从盘古开天辟地娓娓道来。在远古先民的认知中，超自然的现象被赋予了神力，各样的动植物被赋予了神力。他们歌颂盘古开天辟地、女娲抟土造人；崇敬五氏改善了人们的物质生活条件；即便如蚩尤、共工、贯胸的防风氏，也都有反抗的意志，宁死不屈的气概。有仁德的领袖能赢得神秘的帮助，无小我的孝子亦会获得上天的垂怜。神的世界，也可说是人的世界；神话，何尝不是“人话”？

后来，一部分神话慢慢变成了历史。在有心人的影响下，上古部落的统治者慢慢被赋予了神的命格。那五方的上帝，其实就是人间的五位领袖，而他们各自的手下，亦分封了金木水火土五神，各自掌握着五种异能。后世的尧舜禹，再后来的夏桀商汤，无不揭示着华夏民族有关人心向背的朴素价值观：有仁爱之心，自能江山稳固、青史留名；有暴虐之向，必定日薄西山、葬送王朝。

神话是民族的。仁爱、勇敢、孝顺、知恩图报……这些都是刻在每一个华夏儿女骨子里的优良品质。引用袁珂老先生的一段话作为结语：“我们的民族，毋庸自愧地说，诚然是一个博大坚忍、自强不息、富于希望的民族；神话里祖先们伟大的立人立己的精神，实在是值得作为子孙后代的我们很好地去学习，去发扬的。”

目录

创造世界的经过

文前小问号

“遂古之初，谁传道之？上下未形，何由考之？”大诗人屈原曾经在他的《天问》中提出了一连串有关天地如何开辟的问题，那么天地究竟是如何开辟的，又是谁开辟的呢？让我们一起走进中国古代神话，看看神话中是怎样描述的吧！

上古时候，据说天和地是混合在一起的，形状好像一个大鸡蛋；既没有日月星辰，也没有山川草木，更没有人类或鸟兽，只是漆黑混沌（hùn dùn）的一团罢了。

不知道经过了怎样一种变化，这个大鸡蛋般的东西里边，生出一个人来了，这人的名字就叫盘古。他在这里面足足住了一万八千年，有一天，忽然一声响亮，这个大鸡蛋一般的东西便

比喻

把天地未分的状态，比作一个大鸡蛋，形象地向人们展示了宇宙最初的样子。这是一种浑天说的观点，代表人物有东汉科学家张衡。

字词释义

混沌：混沌一词在汉语中早已有之，指古人想象中的世界生成以前的景象。

裂了开来，于是，盘古才得以逃出囚笼，见到光明。

这个大鸡蛋般的东西，裂开来恰好成为两半。一半是像气一般的，质地很薄（báo），分量很轻，便一直向上升去，变成了天；还有一半，质地很浊，分量很重，便渐渐地沉到下面，变成了地。

点评

另一种说法是阳气清而上升，阴气浊下降。

这样，天地是形成了，不过距离还是很近。因此，每天依旧要继续不断地变化着：从此，天，每天升高一丈；地，每天加厚一丈；盘古站在天地中间，每天也是跟着它们变化，每天加长一丈。

又经过了一万八千年，天变得高极了，地变得厚极了，盘古也长得长极了。

夸张

古人流传下来这么夸张的数字，只是想告诉后人，盘古撑天拄地经过了漫长的岁月。

后来，盘古死了，他的头就变成了四方的大山；他的左眼变成了太阳；他的右眼变成了月亮；他的血液变成了江河里的水；他的毛发变成了野草和树木。

排比

盘古不仅为分开天地付出了一生，在死后还奉献了自己所能奉献的一切。

天上既有了太阳、月亮，地上也有了山、川、草、木，世界就这样形成了。

知识拓展

我的笔记

有关天地分开后盘古的神力和变化，还有种种传说。有的说他流下的眼泪变成了江河，发出的声音变成了雷鸣；有的说他一高兴就是晴空万里，一生气就是阴云密布；还有更夸张的说法，认为盘古有着龙头蛇身，睁开眼就是白天，闭上眼就是黑夜。尽管传说各不相同，但有一点是相同的，那就是人们对于盘古——这位开天辟地的神话人物，有着浓厚的崇敬之情。

延伸思考

边读边想象画面，你脑海中的盘古是什么样子的呢？

日积月累

日月星辰　山川草木　漆黑　混沌

女娲怎样造人

文前小问号

看完上篇故事，我们对天地的开辟有了一定的了解，那么，人类又是怎样诞生的呢？本篇故事中，我们将认识美丽聪慧的女娲，她究竟是怎样造人的？造出来的每个人都一模一样吗？

点评

写出了没有人的世界非常荒凉。

百科知识

女娲：中国神话中的创世女神。关于女娲的神话现今流传的主要有造人与补天两个内容。

自从盘古身死以后，世界虽然已经初具规模。可是，各处地方，仍旧是找不出一个人影来。

许多年过去了，才又出现了一个人，名字叫作女娲（wā）。

在这样大的世界上，女娲一个人孤零零地生活着，自然觉得冷清极了。她常常想和山川谈谈话，可是山川不能对答她；她又想和草木打个招呼，可是草木没有知觉，也不去睬她。

有时，女娲孤寂到差不多要哭出来了，她便

自己设法安慰自己：或是拔些草，或是挖些泥做个玩具来消遣。

她想："世界上要是再多生几个人，和我在一起做伴侣，大家同游同息，一定可以减少些孤独的滋味了。但是，为什么一直没有第二个人出现呢？"

她一边想着，一边依旧拿了一团泥土，毫不在意地乱抟（tuán）[①]着。

"好吧，我何不就用泥土抟几个人，暂时陪陪我呢？"女娲忽然悟到了这样一个好法子，立刻她便用手里的黄土，照着自己的样子，抟成了一个人形。

说也奇怪！这黄土抟成的人，不等女娲仔细检视，他便开起口来了，他说："谢谢你，你已经替我造成了人形了。自此以后，我情愿和你在一处生活，永远做你的伴侣！"

女娲很高兴，真是出乎意料了，她想："黄土真可以抟成人的吗？那么，我可以用这个法子，多添些伴侣了。"

从这天起，她便天天用黄土抟人，不论俊的、丑的、男的、女的、高的、矮的、瘦的、胖

字词释义

消遣：做自己感觉愉快的事来度过空闲时间；消闲解闷儿。

心理描写

表现出女娲对同伴的渴望。

点评

泥人开口，多么神奇！这引起了女娲极大的兴趣。

心理描写

梦想成真，女娲准备再接再厉，造出更多的人。

① 抟：把东西揉弄成圆形。

的……各式各样都齐备了。

世界上的人虽然渐渐地增多了，但是，女娲的工作也一天比一天忙碌了。后来，她又想了一个简单的法子，只用一根绳子，拿到泥土里去蘸（zhàn）一下，就算是造成了一个人。

不过，用黄土造人时，她是十分细心的；用绳子蘸成的，却不免粗制滥造了。所以，用黄土抟成的，都是聪明人；用绳子蘸成的，却是愚笨凡庸的人。

对比

写出了女娲造人的方法不同，故而造出的人也不同。

知识拓展

有关人类如何诞生的说法有很多种，女娲造人是其中最广为流传，也是最具有诗意的一个。“女娲”这个名字最早出现在《楚辞·天问》这本书里，给《楚辞》写注的王逸根据别的传说，把女娲的样貌描述了一下，说她是人的头、蛇的身子，后来山东出土的武梁祠画像石，也印证了这一点。

我的笔记

延伸思考

女娲造出的第一个人让她惊讶了吗？你是从

哪儿看出来的?

日积月累

初具规模　孤零零　冷清　孤寂　消遣
同游同息　检视　粗制滥造　愚笨凡庸

佳句欣赏

在这样大的世界上，女娲一个人孤零零地生活着，自然觉得冷清极了。她常常想和山川谈谈话，可是山川不能对答她；她又想和草木打个招呼，可是草木没有知觉，也不去睬她。

树林里烧死的野兽

? 文前小问号

有巢氏发明了巢居，人类居住的问题得到了改善，可还是得继续过着茹毛饮血的原始生活，究竟是谁解决了生吃食物的问题呢？他又是怎么办到的？

自从有巢氏发明搭巢的法子以后，有一个名叫燧（suì）人氏的，便也常常到野外去观察，想发明些别的应用的东西。

有一天，燧人氏正打从一棵大树下走过，忽然听得那树干上，“哿哿哿哿”地发着微响。他一时诧异起来，便停住了脚步，抬起头来寻找，原来在一枝粗大的树干上，停着一只长嘴的大鸟正不住地乱啄（zhuó）着。

燧人氏不明白它是什么缘故，便站在树下呆

百科知识

燧人氏：中国古史传说时代发明利用火和发明人工取火的代表人物。

字词释义

诧异：觉得奇怪。

呆地瞧着，哪知一霎（shà）间，骤然在树干上发出一缕光亮，倒把燧人氏吓了一跳。他暗想：“这棵树真好玩，怎么这鸟嘴这样啄几下，便会发出火光来？——但是，不知道用别的东西敲几下，会不会一样地发出火光呢？”

燧人氏一边想着，便随手在地上捡起一块像鸟嘴一样尖长的石子，也学着鸟儿的样子，用力在树干上啄着钻着，不一会儿，果然觉得树干渐渐地发热了。再钻了几钻，就看见飞起一缕青烟，接着便着了火，连树干也烧起来了。

燧人氏被好奇心所鼓动，险些儿要欢喜得发狂了。他立刻便去邀了几个同伴们来，把这事告诉了他们，大家也都以为很有趣味。

他们就照着燧人氏的话，各人捡了一块尖而长的石子，拼命地向树干上钻去，过了一会儿自然也照样地着起火来了。大家便拿了些干草点着火，随意闹着玩，有些人更用了这火，去烧旁边的枯树、干草，这一来，火势便蔓延到了整个树林。林子里虽然没有人住着，但是，远近的人望见了这火光，也一齐跑来观看了——这时候，他们已发现了功用伟大的火，却还不知道有什么用处。

火烧了好几天，把这个林子都烧得精光了。

字词释义

骤然：突然；忽然。

点评

燧人氏观察大鸟的行为，进而捡起石子模仿，最终发明了钻木取火。这是人类在大自然中学习的过程。

点评

人们认识事物有一个先实践后总结的过程。

才渐渐地熄灭。可是，燧人氏却因此愈加起了研究的兴趣，他便悄悄地走进那火烧过的树林，打算寻求一些烧剩的遗迹。

他刚走了几步，就嗅到了一阵异样的肉香。他连忙循着这阵香气找过去，立刻便找到了几只被烧死的野兽，有的竟连身上的毛也完全烧掉了。那阵肉香，当然就是从它们身上发出来的。

燧人氏恰巧肚子有些饿了，他就不管三七二十一，动手把死兽的肉撕了一片儿下来送进嘴里去尝了一尝。嗬，真奇怪，谁知那些肉竟是香嫩适口，滋味比生的肉要好吃得多。燧人氏一个人吃了一个饱，才走出这火烧过的树林，把这事儿去报告他的同伴们。

大家得到这消息，都争先恐后地赶到这火烧场上，来找烧死的野兽吃：有的得到一只兔子，有的得到一只野猪……大家便一片一片地把肉扯下来，乱七八糟地塞进嘴里去，他们都说："燧人氏的确没有骗我们，这种烧过的肉，真的要比生肉的滋味好上几千倍呢！"

从此以后，大家才知道要吃烧熟的东西了。而且，渐渐地又得到一种经验：知道直接把食物

字词释义

遗迹：古代或旧时代的事物遗留下来的痕迹。

字词释义

争先恐后：争着向前，唯恐落后。

动作描写

体现出大家对熟食的好奇，都迫不及待地想要立刻尝试。

点评

人们不仅学会了烧熟食物，还渐渐掌握了烧制的火候，食物的口感更好了。

我的笔记

放到火里去煨（wēi）[1]，是容易变成灰炭的。所以燧人氏又带他们设法，教他们找了一块薄薄的石片当作锅子，把肉搁在石片上面，用火在石片下面缓缓地烧起来——这就是我们现在一切烹调法的起源。

知识拓展

传说，钻木取火的故事发生在一个叫遂明国的国家。这个国家终年不见天日，但有一棵叫作“遂木”的大树，本篇故事中大鸟啄的就是这棵树，燧人氏从大鸟这里得到启发后学会了钻木取火，大家为了感念他，因此叫他燧人，燧人就是“取火者”的意思。

延伸思考

经火烧过的肉比起生肉，除了口感更好之外，还有哪些好处呢？

① 煨：把生的食物放在带火的灰里使烧熟。

一条麻绳真有用

文前小问号

有了火，人们就可以吃到更美味、更健康的食物了。除了野果，人类还需要吃一些更有营养的肉类，守株待兔不现实，怎样才能捕获猎物呢？除了捕猎，还有没有更好的方法让人们源源不断地吃上肉呢？

从有巢氏经过燧人氏，一直到庖（páo）牺氏时代，人们虽然住的吃的都比以前进步了不少，但是主要的食品，还是全靠打猎得来的鸟兽。当他们捉着鸟兽的时候，因为恐怕它逃走，所以常常是随手拔起些野草，绞成了草绳，将它紧紧地捆绑着，以便抬回家去。后来，又因为草绳容易扯断，不适用于捆绑较大的野兽。大家便悉心研究，好容易才找到了一种又牢又韧的苎（zhù）

百科知识

庖牺氏：即伏羲氏，中国古史传说时代以狩猎为重要谋生方式时期的代表人物。

麻，用它结成了麻绳，代替以前的草绳，那些强有力的野兽，才逃不脱身。

这时候，做众人的领袖的，就是庖牺氏。他一刻不停地替众人计划着谋生的方法，更一刻不停地指挥着众人，去创造新的环境。他的事务十分繁杂，所以每每做了这件事，便忘记了那件事。为了这个，庖牺氏自己也曾竭力研究，想研究出一个法子，把要做的事预先记起来。

恰巧这时候有人发明了麻绳，庖牺氏便利用了它，做记事的东西。譬（pì）如：明天有一件重大的事要做，他便在麻绳上绾（wǎn）一个大结；小事，便绾一个小结。到了明天，只要照着麻绳上的大小结子去办，就永不会忘记了。

有一天，庖牺氏处理好了公众的事务，便坐在那树枝和枯草搭成的窝里，准备休息一会儿。不提（dī）防，一瞥（piē）眼就看见一株树枝上，有一个蜘蛛正在抽丝结网，它刚结好了没有多少时候，忽然有一个小小的飞虫飞过，不知怎样一个不小心，恰好被那网儿网住了。

蜘蛛看见那飞虫网住了，它便很快活地纵身扑过来把那飞虫捉来吃了。

庖牺氏暗想："我们人类真笨啊，大家捕捉鸟兽，总是要用木棍去打，拾了石子去投掷，所

百科词条

苎麻：多年生草本植物，茎直立，叶子卵圆形或心脏形，花黄绿色。茎皮纤维洁白有光泽，坚韧，是纺织工业的重要原料。

点评

这种为了要记住一件事，就在绳子上打一个结的方法，叫作结绳记事。

字词释义

提防：小心防备；警惕。

心理描写

为后来庖牺氏结网捕猎做铺垫。

以费力很多，收获很少。要是我们也照着蜘蛛的法子，做成一个网儿去捕捉，不但陆地上的鸟兽一定容易被捉住，就是水里的鱼虾等物，也许都可以网起来做我们的食物呢！”

他灵机一动，便决意要设法结网。可是，蜘蛛会在自己身上抽出丝来，人类身上没有丝可抽，怎么能够结网呢？

庖牺氏想来想去地想了半天，不期然地又想到那麻绳上去了。他一时何等兴奋，立刻就取了一束麻绳，照着蜘蛛网的大概，横一根，竖一根地将它打结起来。几天以后，果然被他结成几张很大的网。

他便率领众人，跑到山上去，将这几张网四面围住了，然后再到鸟兽最多的地方，拿着木棍石子儿等一阵追赶，那些鸟兽们，霎时被他们赶得昏昏沉沉的，一齐都向山上乱飞乱走，不觉都自投罗网了。

庖牺氏和众人连忙把网儿收起，居然活活地擒获了大量的鸟兽。他们以后就照这法子捕捉鸟兽供众人们享用。要是有时捉得太多了，吃不完，就挑那很驯服的豢（huàn）养起来，这些鸟兽，渐渐地由大的生小的，小的大起来再生小的，永远绵绵不绝，人类也不必再费大力去打

字词释义

灵机一动：形容突然间想出了办法。

字词释义

自投罗网：自己进入罗网里去。比喻自己主动投入他人所设的圈套。

字词释义

豢养：喂养(牲畜)。

我的笔记

猎，就可以得到现成的食物了。我们现在知道畜（xù）养鸡、鸭、猪、羊、牛、马等，就是上古先民传下来的法子。

知识拓展

庖牺氏（伏羲）又叫“庖羲”“炮牺”，意思就是“取牺牲以充庖厨”。“炮”在古代汉语中读“páo”，是烧烤的意思；牺牲，是古代祭祀用的牲畜；庖厨，就是厨房。“取牺牲以充庖厨”，意思是把烧制的动物肉加入人们的餐桌，庖牺氏功不可没。

我的收获

庖牺氏教会了人们如何豢养牲畜，以后想吃肉的时候，再也不用仅仅靠打猎来获取啦！

日积月累

捆绑　悉心　苎麻　譬如　提防　纵身
投掷　灵机一动　费力　昏昏沉沉
自投罗网　擒获　驯服　豢养　绵绵不绝

炎帝用赭鞭鞭百草

文前小问号

炎帝和百草有什么关系？赭鞭是用来做什么的？是谁给炎帝的呢？被赭鞭鞭打过的百草有什么变化吗？

古时候有个女子名叫任姒（rén sì），有一天到华阳山上去游玩，忽然遇见一条神龙，吓了一跳，回来便生了一个牛头人身的怪孩子，这就是炎帝。

炎帝生了三天，就能说话；五天就能走路；七天以后，牙齿就长全了。他生活在姜水这块地方，到了三岁的时候，每天和小朋友们玩耍，都是做着种植的事儿。他把草的种子、果子的核，栽在土里，竭力培养，使它长出更好的草木来。

这时候，人们肚子饿了，只是胡乱地采些果

百科知识

炎帝：中国古史传说时代中的古帝，原属华夏集团。先秦文献记载炎帝为姜姓，其先世与黄帝族一样，是从关中西部的一个原始氏族中分裂出来的。在战国文献中，炎帝已经演变为南方民族的宗神。后来炎帝与神农氏亦渐合一，炎帝神农氏成为原始农业发明者的代表。

点评

从“每天”“都是”可以看出炎帝自小就很热爱种植。

点评

当时人们的物质生活条件很差。

点评

炎帝用隆重的礼节向太一问好，可以看出他是一个恭敬谦谨的人。

实，或是捉些鸟兽来充饥，因此，有时吃了性质暴烈或有毒的东西，便害起病来，甚至死亡了。并且，随着人数渐渐增多，果实和鸟兽，也渐渐地不够吃了。于是，炎帝便立志要把各种食物的性质考察清楚，想拣出那些适于人类胃口的东西，把它们种植起来。

一天，炎帝偶然遇着了太一[①]，他便稽（qǐ）首[②]再拜，向太一请教道：“人们吃了不适宜的食物，便要生病，便要死亡，不知道这有补救的方法吗？”

太一道：“天有九门，中间那扇门里，有位老人，出现在南方，他能够辨别各种植物的性质。你只要去请教他，他一定会告诉你一个补救的方法！”

炎帝告别了太一，便去访问老人，老人当即赠他一条赭（zhě）[③]鞭，教他拿这赭鞭去鞭百草。说也奇怪，炎帝用了这赭鞭，轻轻地向各种植物上鞭了几下，果然，那些植物都现出种种不同的

---

① 太一：古代天神的名字。

② 稽首：一种比较隆重的社交礼节，以头磕地而拜。主要流行于中国古代。

③ 赭：即红褐色。

性质：哪一种是寒的，哪一种是温的，哪一种是燥的，哪一种是下湿气的，哪一种是有毒的，他因此都知道了。他后来将这些试验所得的结果，一一记载下来，便成了那部叫作《本草》的书。

炎帝辨别了草性，就动手造起犁耙（bà）来，预备种植些可以供人食用的植物。正在这个时候，忽然下大雨了，炎帝急忙把未完的工作整理了一下，打算暂时回去避一避。哪知仔细一瞧，这下来的并不是雨点，却都是很好的谷子。

炎帝欢喜极了，就把这些谷子种了起来。种完了，他刚想去找些水来灌溉（gài），哪知地上又涌起道醴（lǐ）泉[①]，替他把田地灌溉好了。

自此以后，只要炎帝需要雨水的时候，雨便自然地会下来，所以大家都称他为神农氏。

知识拓展

炎帝不但是农业之神，也是医药之神。传说，炎帝为了治疗人们的疾病，亲自尝遍百草，最后因为尝到了断肠草而牺牲了生命。他这种亲身实践、追求探索的精神，为后世中医药的发展

点评

炎帝记载药物的药性时十分仔细认真。

百科知识

《本草》：指《神农本草经》，现存最早的中药经典著作。成书年代有先秦、西汉、南北朝等说法。现一般认为其主体约形成于西汉，又经东汉医药学家修润增补，南朝梁代陶弘景曾予整理。原书在唐初已散失，现存者多为明末以后辑佚本。

我的笔记

① 醴泉：甘泉。形容泉水像甜酒一样甜。

奠定了基础。

我的收获

炎帝从小就把种植农作物这件事放在心上，遇到神仙，也是首先询问辨别植物的方法，他获得上天降下的谷粒，立刻想着去播种，可见他始终是把人民放在第一位的。

日积月累

竭力　胡乱　暴烈　辨别　补救　记载
灌溉

黄帝怎样征伐蚩尤

文前小问号

神话传说中还有一个冒牌的“炎帝”，他野心勃勃，不仅统治了真正的炎帝所管辖的南方地区，还妄想称霸天下，夺取黄帝的领地。他是谁呢？黄帝会让他得逞吗？

自神农氏的势力渐渐衰弱，四方部族便互相侵伐，大家忙着争夺个人的私利。百姓们却因此常常受到他们的骚扰和屠杀，谁也不能安居乐业了。

黄帝眼瞧着这种情形，早知道神农氏是没有力量征服他们的了。他便造起干戈来了，预备和诸侯开战，以便援救那些无辜（gū）的百姓。哪知部族听到这个消息，十分钦佩黄帝的德行，不等他出兵，都来向他投降了。

字词释义

安居乐业：安定地生活，愉快地工作。

百科知识

黄帝：中国古史传说时代的古帝。原为一个古族的名祖、华夏集团的代表人物，后被尊为中华民族的“人文初祖”。相传黄帝修德振兵，发展农业，改革军队，团结周围古族，与炎帝战于阪泉之野，与蚩尤战于涿鹿之野，又进行了一系列的征战，建立了新秩序，结束了神农氏时代。

这时候，还剩一个蚩（chī）尤，暴虐得格外厉害，而且始终不肯降服。因此，黄帝便征调了部族的兵，去伐蚩尤。

原来蚩尤有弟兄八十一人，他们虽然说的是人的言语，却个个都生成野兽的身体，非常丑怪，而且能够吞食沙子石子，变幻各种的妖法。黄帝早已知道他们的厉害，所以当他出师讨伐的时候，心里不由得也有些忧闷。

过了几天，黄帝的军队，已到了涿（zhuō）鹿的旷野，便和蚩尤接触了。兵士们因为谨守黄帝的命令，个个都防备得十分周密，所以一望见那些妖魔鬼怪似的敌人，便举起弓来，搭上了利箭，直向对方射去。但是，一霎间，只听得对方叮叮咚咚的一阵响，那些箭却都一支支地掉在地上，并不见他们有一个受伤。黄帝觉得很奇怪，后来仔细一调查，才知道蚩尤的弟兄们，个个都是生成的铜头铁额，所以那些箭是射不进去的。

黄帝受了这个打击，正想再行设法制服他们，哪知忽然间，只见对面阵地上的蚩尤弟兄们，个个都从嘴里吐出一口气来，立刻变成了很浓厚的大雾，布满了旷野的四周。兵士们被这种大雾迷蒙着，顿时失去了方向，以致进退两难了。黄帝受了这意外的惊骇（hài），也战栗得

百科知识

蚩尤：中国古史传说时代古族的代表人物。传说蚩尤是九黎之君，兄弟81人，铜头铁额，会制造刀杖等五种兵器，威震天下。这可能表明其族属在繁盛时，包括9个部落81个氏族，他们武器精良、勇敢善战，不断西向发展扩大新的生存空间，遂与华夏集团相遇，涿鹿之战大败炎帝。后来，以黄帝为首的华夏集团用很大力量才擒拿杀了蚩尤，但蚩尤威名犹在。

字词释义

进退两难：进退都难。形容陷于困境或僵局。

字词释义

手足无措：手和脚不知放哪里好，形容举止慌乱或没有办法应付。

点评

指南针车和夔牛鼓是破除敌阵的关键。

手足无措，唯有仰天长叹，等待那最后的厄运到来。

幸亏，这事立刻被西王母[①]知道了，她便派遣一个使者，名字叫作玄女[②]的，披了黑狐裘（qiú），带了兵信神符急急地赶到黄帝那里，传授他种种破敌的兵法。

玄女又替黄帝制了一辆指南针车，以便指示方向，使军队进退不致迷路；同时，更制造了八十面夔（kuí）牛鼓——这种鼓只要敲一下，可以震动五百里，连敲几下，便可以震动三千八百里。

黄帝当即依照指南针所指示的方向，命兵士们敲着那八十面夔牛鼓，向前进攻。蚩尤吓得躲避不及，便被黄帝捉住，在涿鹿的旷野里杀了。

---

① 西王母：中国先秦以来广泛流传的神话人物。关于西王母的神话，产生得很早，演变也显著。殷墟卜辞中已记有“西母”，学术界有一种意见认为“西母”即西王母。这和以后在《山海经》中出现的有关西王母的记载，是否有联系很难断定。所以，关于西王母的最早文字记录一般从《山海经》算起。

② 玄女：玄女或称九天娘娘、九天玄女。人头鸟身。黄帝与蚩尤战于涿鹿，黄帝不能胜，叹于太山之阿，王母有感，乃命九天玄女下降，授帝以遁甲、兵、符、图、策、印、剑等物，并为帝制夔牛鼓八十面，遂大破蚩尤而定天下。

从此，黄帝也就顺从人民的请求，即了帝位。

知识拓展

在蚩尤发动对炎帝部落的袭击后，宽厚仁爱的炎帝为免人民受苦，就躲避到涿鹿去，请求黄帝的援助，而蚩尤则冒用了炎帝的名号，登上帝位。黄帝用仁义感化蚩尤不成，只能用战争来对付他了，后来就有了涿鹿之战。

我的笔记

我的收获

古人言“得道多助，失道寡助”，意思是站在正义、仁德的一方将会获得最终的胜利，而违背道义、仁德，则会陷于孤立。

日积月累

衰弱　侵伐　争夺　征服　安居乐业　援救

无辜　钦佩　投降　忧闷　迷蒙　进退两难

战栗　手足无措　仰天长叹　厄运　派遣

破敌

佳句欣赏

黄帝受了这个打击，正想再行设法制服他们，哪知忽然间，只见对面阵地上的蚩尤弟兄们，个个都从嘴里吐出一口气来，立刻变成了很浓厚的大雾，布满了旷野的四周。兵士们被这种大雾迷蒙着，顿时失去了方向，以致进退两难了。黄帝受了这意外的惊骇，也战栗得手足无措，唯有仰天长叹，等待那最后的厄运到来。

羲和所驾的车子

？文前小问号

古代先民们对于难以解释的自然现象有着强烈的好奇，那他们又是如何看待日出日落的呢？这篇故事中有一位天神，他和太阳的升起落下有着什么关系呢？

上古时候，有一个太阳神，名字叫作羲和。

他每天坐着车子，一刻不停地在天空巡行着。据说，替他拉车的车夫，却是一只三足乌。早晨，三足乌拉着羲和的车子，从东方旸（yáng）谷出发。他带着光明一路走，把万道光芒，直射到地上，一切黑暗，就被他赶跑了；地上的人们也就得到了光明，可以看清种种的事物，以便开始做他们所该做的工作。

羲和的车子，慢慢地到了咸池这个地方，羲

百科知识

羲和：因为羲和在传说中与观测太阳有关，所以有的古代神话故事把羲和塑造为太阳的母亲。《山海经·大荒南经》中说，在东南海之外有羲和国，国中有一女子叫羲和，嫁给帝俊为妻，生了十个太阳。每天羲和在甘渊为十个太阳洗澡。而屈原在《离骚》中，则把羲和写成驾驭太阳车的神。而在关于唐尧的传说中，羲和是掌管天文的家族，有羲仲、羲叔、和仲、和叔四人，负责观测星辰，制定历法。

字词释义

旸谷：神话中的日出之地。

字词释义

咸池：神话中太阳洗澡之处。

和照例是要下车来洗一个澡的。洗过了澡，于是他又向西方驶去，那些光明也就被他带了回去。等到羲和一直到了西方的崦嵫（yān zī），地上是依旧黑黝（yǒu）黝的，看不见一点儿东西了。人们也就只得停止了一切工作，安然地去休息，这便是黄昏时候了。

字词释义

崦嵫：古代指日落的地方。

我的笔记

知识拓展

十个太阳所居住的旸谷，在东方海外，旸谷里的海水像热汤一样沸腾滚烫。那里有一棵大树，生长在沸腾的海水中，名叫“扶桑”，那里也是十个太阳的家。

最开始的时候，十个太阳轮流陪着母亲羲和一起驾车出门，依次经过扶桑树的顶端、曲阿、悲泉等地方，最后走向虞渊、蒙谷，当最后一抹金光涂抹在蒙谷水滨的桑树和榆树上时，羲和就会驾着空车回到东方的旸谷去，伴送第二个即将出去的儿子，开始新的一天。

你知道吗？我们现在所说的“失之东隅，收之桑榆”，“东隅”和“桑榆”指的就是日出和日落之地。

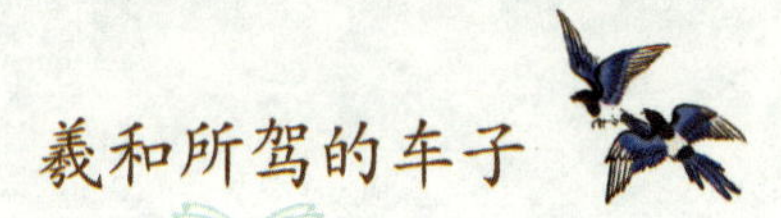

延伸思考

羲和有十个儿子，可是我们的天空只需要一个太阳就够了呀，那剩下的九个去哪里了？

日积月累

一刻不停　照例　黑黝黝　安然

神兽断曲直

? 文前小问号

如果说，屈轶草能够帮助国君分辨朝堂上的伪君子，那么民间的伪君子又靠谁来辨别呢？本篇故事中，你将认识一只奇怪的神兽，它就能够分辨是非对错，这只神兽长什么样？它是如何评判曲直的？

黄帝的殿阶上，自从长出了屈轶草，佞（nìng）人果然不敢入朝来了。但是，在民间，却仍旧有许多狡猾的人，仗着自己的狡诈或气力，还是在欺压弱者。因此，有几个不甘受人侮辱的，便常常要到有司那里去控告了——这便是诉讼的起源。

只是，那时一切制度都很简单，对于裁判讼事的方法，当然也没有什么章法。所以审判官一不小心，每每容易被狡猾的人所蒙混，反而弄得

字词释义

有司：泛指官吏。

字词释义

诉讼：俗称打官司。

黑白不分、曲直倒置了。

就是贤明的黄帝，一时也想不出改善的方法，不过时时告诫（jiè）有司，叫他们格外慎重些罢了。

有一次，有一个农人，托一个工人定造十把耒耜（lěi sì）。两方预先讲定：在耒耜造成以后，农人应该用一袋子谷子，向工人换一把耒耜；并且工人先拿一把耒耜的样子，给农人看过，以便照样制造。农人也给他看过袋子的大小，双方互相商酌（zhuó）妥当了——不过，他们都没有写一张契约。

哪知到交换的时候，工人刚把十把耒耜送过去，农人却首先叫起来道："不对，不对，这十把定造的耒耜，没有像当初给我看的样子那般坚固啊！"

工人瞧着农人的十袋谷子，也叫起来道："我造的耒耜，实在没有改变样子，倒是你装谷子的袋子，却改小了一半儿了，这怎么行呢？"

他们这样争执起来，谁也不能判断他们的曲直。结果，两人便同到有司那里去控告。

有司审问的时候，他们依旧是各执一词，两不相让。后来，有司又叫他们各人把当初的样子拿来，互相比较。可是，那袋子的大小，耒耜的式样固然是前后都没有两样。这真使审问的有司，感觉着十分困难。

百科知识

耒耜：耒和耜原来是两种独立的原始农具，后来结合演化成为一种新的复式整地农具耒耜，耒为柄，耜为头。耒耜的形体不固定，其柄可直可曲，其头为不规则的平板状。耒耜主要用于挖土、掘土，也可少量起土。耒耜是后世多种复式农具的原型。

字词释义

商酌：仔细地商量、推敲。

字词释义

各执一词：各人坚持各人的说法，不肯相让。

这时候，恰巧有一个神仙，送了一只名叫解廌（xiè zhì）的野兽给黄帝。这解廌兽很像一只山羊，头上只生一只角，夏天住在水里，冬天是住在松树或柏树上的。据说，它最厌恶不正当的行为，所以只要有欺骗诈伪的人在它面前，它便能挺起那唯一的角，狠命地去顶触他。

这件农人和工人互讼的案子，有司既然没法判决，黄帝就派人去把农人和工人押解（jiè）了来，叫他们一同站在那只解廌兽的面前。

解廌兽一瞧见那个农人，它便瞪着眼珠，直向他的身边顶触了过去。这一来，农人知道自己的秘密，不能再隐瞒了，只得老实招供了出来。原来他的确把那只做样子的谷子袋暗地里改制过了。

自此以后，人们有什么诉讼的事情，便都用那只解廌兽去判断。

百科知识

解廌：又称解豸、獬廌、獬豸，相传为古时灵兽，以独角为主要特征。传说獬豸性格忠诚，能辨曲直。上古神话中的司法审判之神皋陶遇到曲直难断的情况，便放出独角神羊，顶触的便是有罪之人。故而獬豸又有神羊之称，象征勇猛、公正。

动作描写

形象地写出了解廌是如何明辨曲直的。

我的笔记

知识拓展

国君尧的手下，有一名铁面无私的法官，叫作皋陶。他长相奇特：脸色青中带绿，好像刚削下来的瓜皮，嘴巴像马的嘴一样。他断起案子来，可是精明干练，无论什么疑难的案子到他手里，都能马上弄个一清二楚。他为什么这么厉害呢？据说，他养着一只独角神羊，可以明辨是非，这只像羊一样的神兽，就是这篇故事中提到的解廌。你知道吗？在故宫太和殿的殿檐上，坐着十只小兽，其中一只，就是解廌。

延伸思考

解廌厌恶不正当的行为，那么它是如何评判是非的呢？

日积月累

控告　诉讼　裁判　章法　蒙混　曲直
倒置　慎重　契约　厌恶　欺骗　正当
隐瞒　判断

黄帝的梦

文前小问号

据说力姓和牧姓的人在很久以前曾经是一家子，他们的祖先就是力牧。当年，力牧是一个畜牧氏族的首领，力大无比，十分能干，后来成了黄帝最得力的部下之一。黄帝是如何知道这个贤人的？他到底有着怎样的治国见解，让黄帝对他另眼相看呢？

黄帝做了一个梦，梦见一个人，手里执着千钧重的大弩，在看守几千万只山羊。醒来时黄帝便自己猜想道：“那人能执千钧重的大弩，一定是有绝大的力量的人，能看守几千万只山羊，一定又是善于牧民[①]的。”

字词释义

钧：古代重量单位，一钧等于三十斤。千钧在这里是虚指，并不是真的有一千钧。

① 牧民：治理、管理人民的意思。

于是，黄帝便开始在四处找寻，要找这样一个贤人。过了几天，居然在大泽地方，找到一个名叫力牧的人。黄帝不觉恍然大悟，就封他为大将。

有一天，黄帝问力牧道：“一个国家的兴亡，不知道有没有什么预兆？”

力牧道：“我曾听见人家说，国家要是治安，国主又喜欢文事，那凤凰便会飞到他的国里来；国家要是十分紊乱，国主又喜欢战争，那么，国里即使有了凤凰，也要飞出去的。”

黄帝听了这话，便格外地修德立义，治理国家，并且，在中宫[①]斋戒七天。忽然，有几只大鸟，飞了下来。它们的头是像鸡一般的，嘴是像燕一般的，乌龟的脖子，鱼的尾巴，身体又像是一只鹤。满身的斑纹，五色齐备。

黄帝忙向它们细细地瞧了瞧，原来在它们的身上，还有好几个文字缀着。头上的，是“顺德”两个字；背上的，是“信义”两个字；胸口的，却是“仁智”两个字——这大约都是赞扬黄帝的颂词。

这几只大鸟，既不啄食活的虫豸（zhì），又不

① 中宫：即帝王的寝宫。

百科知识

力牧：中国上古时代神话传说中的一位人物。传说中他与风后、大鸿是黄帝的三位大臣。

字词释义

恍然大悟：突然醒悟过来。

百科知识

斋戒：中国古代祭祀之前整洁身心，以示虔敬的礼仪。斋戒时日的长短，通常与祭祀典礼的规格成正比，大的祭祀斋戒期长，小的祭祀则相对短一些。

践踏活的草木。它们每天停在黄帝的东园，或是宿在阿阁[①]的上面。每次饮食的时候，雄的便唱起歌来，雌的在旁边舞着。那歌声却像箫，又像笙[②]。

这是因为黄帝时候，国内治安，所以凤凰都飞来了。

点评

“有凤来仪”的原因是君臣励精图治，使国家繁荣安定。

我的笔记

知识拓展

据说五彩鸟有三种：一种叫作凰（皇）鸟，一种叫作鸾鸟，还有一种叫作凤鸟，也就是传说中的凤凰。据说这种鸟只要出现在世间，天下就会太平无事。孔子曾感叹“凤鸟不至”，可见它的珍贵。

黄帝有一位叫作天老的臣子没见过凤凰，凭着想象力形容这种鸟的外形，说它“前半段像鸿雁，后半段像麒麟，蛇的颈，鱼的尾巴，龙的文采，乌龟的脊背，燕子的下巴，鸡的嘴……”把飞禽走兽、爬虫游鱼各种动物的特征集中在凤凰身上，于是，凤凰就成了一只神秘的生物。

① 阿阁：指四面都有檐的楼阁。

② 箫、笙：都是乐器名。

延伸思考

黄帝究竟是一位怎样的国君，才能够吸引来凤凰呢？

日积月累

千钧　紊乱　格外　斑纹　齐备　践踏

佳句欣赏

忽然，有几只大鸟，飞了下来。它们的头是像鸡一般的，嘴是像燕一般的，乌龟的脖子，鱼的尾巴，身体又像是一只鹤。满身的斑纹，五色齐备。

黄帝乘龙上天

文前小问号

俗话说龙凤呈祥，龙与凤这一对神秘的图腾生物经常结伴出现。上篇故事中，我们了解了黄帝因为仁爱治国，创造了太平盛世，吸引来了凤凰。那么在这篇故事中，龙会和他有什么牵扯呢？他为何要乘龙上天？他还会回来吗？

点评

为龙的出现做了铺垫。

黄帝采了首山[①]的铜，在荆山[②]下铸成了一只鼎[③]。忽然间，天空中一阵乌云飞过，更听见云中呼呼地一阵响。黄帝忙抬起头来一瞧，原来是一

---

① 首山：山名。在今河南省襄城县以南2.5千米处。

② 荆山：山名。我国有五座荆山，本文中的荆山推测应位于河南省灵宝县阌乡南。

③ 鼎：中国古代炊食器、礼器，质地以陶、铜为主。

条神龙[①]，正俯下了头，似乎在和黄帝打招呼。

那条龙的颏（kē）[②]下，满生着长长的胡须，从空中一直挂到地上，随风飘拂着，真好像是银丝一般可爱。

黄帝不知道他是什么意思，便向他问道："你可是来迎接我上天去的？——如果是的，请你把头点三下！"

那条龙果然把头点了三下，于是，黄帝便攀缘着龙身，跳上去骑在他的背上了。那些群臣和后宫，跟随着上去的，一共有七十多人。

另外还有许多小臣，也正想攀缘上去，哪知蓦（mò）然间，那条龙便飞也似的，直向天空上升了。这些小臣，知道是来不及跟上去了，他们便在这扰攘中，用两手狠命抓住龙的胡须，希望把他们一同带上天去。但是，终于因为用力太猛，竟把那条龙的胡须都拉断了，那班小臣便跟着堕（duò）了下来。黄帝骑在龙背上，受了这次激烈的震动，一失手，竟把手里的一张弓，也堕在地上了。

点评

形象地写出了龙的胡须是什么样子。

字词释义

蓦然：忽然；猛然。

字词释义

扰攘：骚乱；纷乱。

作此事宜

堕：掉下来；坠落。

① 龙：中国古代传说中的神异动物。四灵（麟、凤、龟、龙）之一。被尊为鳞虫之长，善于变化并能兴风雨、利万物。

② 颏：即下巴。

点评

百姓们十分爱戴黄帝，舍不得他离去。

百姓们都仰着头，亲眼瞧着黄帝上天去了，他们便感到十分悲伤，大家就抱着那张弓和龙的胡须，放声大哭起来。

黄帝就这样登了仙。群臣们因为找不到他的骸（hái）骨，只得拿他遗留下的衣冠，埋葬在桥山[①]。把这荆山下铸鼎的处所，就定名为鼎湖。那张从天空中堕下的弓，名为乌号。

点评

从侧面烘托出在黄帝的治理下朝局稳定。

这时，有一个黄帝的臣子，名字叫左彻的，他因为还希望黄帝再能回来，所以暂时用木头雕了一个黄帝的肖像，供在殿上，每天仍旧照例率领群臣，到殿上去朝见，和黄帝没有上天以前，一点儿也没有两样。

百科知识

颛顼：上古帝王名，相传为五帝之一。号高阳氏。也是古代神话中的天神之一，为北方天帝。

可是，这样过了七年，依然没有黄帝的一点儿消息，他们才知道黄帝是不会回来了，便立了他的孙子颛顼（zhuān xū）做帝王。

① 桥山：在陕西省延安市黄陵县城北约一千米处。山下沮水河环绕，山上古树参天。《史记·五帝本纪》载：“黄帝崩，葬桥山。”黄帝陵又称桥陵，始建于汉代。陵的南侧有大土台，相传是汉武帝征朔方归来时过此所筑成的祈仙台，以祭祀黄帝。桥山东麓有一座轩辕庙，是历代祭祀黄帝的场所。庙内古柏葱郁，其中有一棵古柏，传说是黄帝亲手种植，距今有五千年左右。庙内大殿西台阶下，还有一棵“将军柏”，也叫“挂甲柏”。

后来，在龙须堕下来的地方，便长出了许多像龙须一般的野草，据说，这就是现在的龙须菜。

点评

交代了龙须菜的来历和样子。

我的笔记

知识拓展

有关黄帝采铜铸鼎的说法有两种：一种认为他是为了铸鼎炼丹，一种认为铸鼎是为了纪念战胜蚩尤。有学者比较赞同后一种说法，认为黄帝本来就是中央的上帝，自然不必像寻常修道之人一样靠炼丹升天。但后世有人以为他是靠着丹药升天，从而模仿的人也比比皆是，最著名的当数汉代的淮南王刘安。据说他找了八个须眉皓然的老头子，号称“八公”，传授自己如何炼丹，最后吃了自己炼的丹药羽化成仙。然而，历史上的记载是，刘安谋反被人告发，畏罪自杀。可见，靠着丹药“白日升天”不过是白日做梦罢了。

延伸思考

黄帝升天后一直过了七年，他的孙子颛顼才继任国君治理国家。这七年之中，只有一个木头人被供在殿上，但大家对这个木头人也一样恭敬，你觉得这是什么原因呢？

日积月累

飘拂　激烈　震动　骸骨　遗留　率领

神荼和郁垒

文前小问号

过年家家贴门神，那门上的两位大神究竟是谁？他们身上有着怎样的故事呢？人们为什么要贴门神呢？

上古，海中有一座度朔山，山上约有三千里的地方，种的全是桃树。在一株最矮小的桃树东北，有一扇鬼门，这是众鬼所出入的一条通道。

这时，有两个奇怪的人，名字叫作神荼（shēn shū）、郁垒（yù lǜ）[①]。他们是两弟兄，却都有一种特别的本领，能够捕捉一切的鬼。

神荼和郁垒，就终日站在这鬼门外面，监视这一群鬼。如果他们看见有些凶暴的鬼，要去

字词释义

度朔山：据东汉王充《论衡》引《山海经》载，度朔山（又作桃都山）位于东海之中，上有蜿蜒三千里的大桃树。

点评

为后面兄弟二人成为门神做了铺垫。

① 神荼、郁垒：汉族民间信奉的两位门神。

祸害人类的，他们就将它捉住了，用苇索捆绑起来，送去给老虎吃掉。因此，无论什么恶鬼，都不敢出来作祟（suì）了。

过了许多年，颛顼氏的三个儿子死了，他们却都变成了恶鬼：一个住在江水地方的，便是疟（nüè）鬼，人要是遇到了它，就要发生一种疟病[①]；一个住在若水地方的，便是魍魉（wǎng liǎng）[②]鬼，它终日躲在水里，也常常要传播疫病给人类的；还有一个却专在人家住屋里出入的，便是小鬼，它常常要惊吓人家的小孩子。

后来，幸亏有一个方相氏——他是生着四只眼睛，形状非常可怕的一个神——把那疟鬼和魍魉鬼都驱逐掉了，人们才得相安无事。不过，那个出入人家住屋的小鬼，却依旧天天在惊吓小孩子。因此，每家人家都痛恨极了，他们便去请了神荼、郁垒两兄弟，终日站在家门口，以便等那小鬼到来时，可以捉来喂老虎。

更有许多人家，是神荼、郁垒所照顾不到的，他们便在大门上画着神荼、郁垒的肖像，和缚鬼用的苇索、吃鬼的老虎等图画，恐吓小鬼。

字词释义

苇索：苇草编成的绳索。神荼、郁垒以苇索缚恶鬼喂虎，古代民俗中以之为辟邪之物，年节时悬挂门旁，以祛除邪祟。鲁迅曾以“苇索”为笔名，发表《偶成》等文章。

字词释义

作祟：比喻坏人或坏的思想意识捣乱，妨碍事情正常进行。

字词释义

相安无事：彼此和平相处，没有争执冲突。

---

① 疟病：因蚊虫叮咬而感染的急性传染病。

② 魍魉：又作“罔两”，即山川中的精灵或妖怪。

果然，小鬼看到这种图画，便不敢再走进这些人家里去了。

所以，现在有许多人家的大门上，还是画着神荼、郁垒的肖像，或是挂着一块画老虎头的木牌，用以辟（bì）邪的。

字词释义

辟邪：避免或驱除邪祟。

我的笔记

知识拓展

除了神荼、郁垒之外，到唐代，也有把秦叔宝和尉迟敬德奉为门神的传统，称其二人为“秦军、胡帅”，贴于门上。新春时节，还有挂桃符，悬苇索于门上的传统。王安石诗作《元日》中的“总把新桃换旧符”，指的就是桃符。

延伸思考

为什么直到现在，有些人家的大门上，还会贴门神呢？

日积月累

凶暴　祸害　监视　作祟　惊吓　相安无事

后羿射下了九个太阳

文前小问号

那日月之神羲和生了十个太阳，每天驾车轮流送他们去天上，可是十个太阳会一直老老实实地按照规矩来吗？如若不然，会出什么纰漏呢？

尧[1]即位没有几天，天上忽然有十个太阳，一齐出来。

在只有一个太阳的时代，每逢夏天，大家还觉得太热了，这时出了十个太阳，不但人人都很害怕，就连那些田禾草木，也立刻被它晒得枯黄了。

尧看到这种情形，虽然十分担心，但是，那十个太阳，都是高高地挂在天空，委实也奈何它

字词释义

委实：确实；实在。

① 尧：中国古史传说时代的古帝，称帝尧陶唐氏。

们不得。并且，那时恰好有一种凿齿民，趁势作乱，扰害百姓，所以，尧更加着急起来了。

这种凿齿民，牙齿却有三尺长，形状像是一把凿子。他们手里又都拿着戈盾，真是凶恶极了。尧曾几次派遣精兵良将，去讨伐他们，可是，却都大败而回。

后来，尧听见人家说："有穷国里的国君，名叫后羿（yì），他是会射箭的。如果叫他去讨伐凿齿民，也许会有成功的希望。"

尧没有别的法子好想，只得依了这计划进行。果然不到几天，后羿便将所有的凿齿民，一齐在畴华之野射死了。

尧奖励了后羿一番，并且赐了他一张彤（tóng）弓，然后又和他商议，处置这十个太阳的事。后羿说："我知道在每个太阳里作怪的，就是一只三足乌，要是把这几只三足乌射死了，那太阳也自然会消灭了。"尧便问他道："太阳挂得这么高，你能够射得到吗？"

后羿道："我虽然不能说一定，但是，照我平日的经验看起来，也许是可能的。"

尧欢喜极了，就立刻叫后羿去试验一下。后羿仰起头来，搭上了箭，弯满了弓，只听见"嗖"的一声，那支箭便向天空中直射了上去。

百科知识

凿齿民：古代神话中来自海外的特殊人种。

百科知识

后羿："羿"是名字，"后"是称呼，意思就是国君。相传后羿是有穷国的国君。

字词释义

彤弓：朱漆弓。

动作描写

展现了后羿搭弓射箭技法的熟练与高超。

霎时，从天空中便跌下一只三足乌来，天气也凉爽了不少。后羿知道一个太阳已经被他射掉了，一时很兴奋地随手再拔出箭来，接连又射了八箭，一共九箭。地上便直挺挺地躺着九只死了的三足乌，那九个太阳都不知到哪里去了。

这时候，天空中已满布乌云，刮着大风，下起很大的雨来了。那像火烧似的天气，也就变得和秋天一般凉爽。

还有那第十个太阳，生怕也被后羿射中，便深深地躲在云中，暂时不敢出来。后羿虽然想把第十个太阳也一齐射下来，可惜他手中的箭却已经用完了，所以只得让它留在天空。

原来尧叫后羿去射太阳，却有意只给了他九支箭，这是因为尧早已预算到，那最后一个太阳是应该留着的。

到如今，世界上一切生物都靠太阳光而生长，而且不至于过着黑暗的生活，便是尧所赐给我们的恩惠。

点评

后羿一共射了九箭，箭无虚发。

环境描写

九个太阳被射下来后，天气终于凉爽了下来。

知识拓展

后羿在射下九个太阳之后，又先后为人们解决了猰貐（yà yǔ）、凿齿、九婴、鸷（zhì）鸟、

我的笔记

封豨（xī）、巨蟒这六大害。然而满心欢喜的后羿却被天帝放逐，再难以回到天上，原来，他射杀的九个太阳，正是天帝的九个儿子。痛苦的后羿遍游四方，在遭遇妻子的背叛之后性情大变，连家丁也对他生了二心。这其中就有一个叫逄（páng）蒙的人。逄蒙很受后羿的喜欢，后羿还亲自传授他箭法。可是这逄蒙是一个忘恩负义之徒，因着嫉恨后羿有高超的箭法，三番五次想暗害于他。最终，假意悔过的逄蒙趁后羿不备，用桃木棒偷袭了后羿，杀害了自己的恩师。可惜了一代英雄，却死于小人棍棒之下。人们感念后羿的恩德，奉他做了宗布神，即为民除害的神灵。

延伸思考

后羿的箭法精妙，从哪里可以看得出来？

日积月累

枯黄　委实　趁势　作乱　精兵良将　恩惠

嫦娥逃到月亮里去了

? 文前小问号

被天帝惩罚回不到天上的，除了后羿，还有他那美丽的妻子嫦娥。也因为这件事，夫妻之间有了嫌隙，也导致了后来嫦娥对后羿的背叛。她究竟做了什么？背叛丈夫后，她如愿回到天上继续做神女了吗？

西王母家里，有一种仙丹，叫作不死药。据说人如果吃了这种仙丹，便可以永远不死了。

后羿听到了这一回事，便千方百计地要想去见西王母一面。不久，果然被他找到了瑶池，他就老着面皮，开口向西王母讨不死药。

西王母因为他曾经射掉了九个太阳，对人民很有功劳，因此，当即满口答应，愿意给他一包不死药，叫他拿回去服用。并且对他说道：“这

字词释义

千方百计：想尽一切办法。

百科知识

瑶池：神话传说中西王母所居之地，位于昆仑山上。

种药是十分贵重的，就是留在我这里的，也没有多少了。所以，你务必小心地带回去。要是遗失了，第二次就不能再给你了。”

后羿连声向西王母道谢，一面就很谨慎地把那包不死药藏好在怀里。然后，得意扬扬地辞别了西王母，立刻回有穷国去了。

他一路上在想：“我做了有穷国的国君，一切人世的富贵，任我享受，的确再没有什么希冀了。只是，我一向所最怕的，就是一个‘死’字。现在，既然已经得到不死之药，那么，连这个人人所难免的‘死’字，也轮不到我的身上来了。”

心理描写

解释了后羿在得到不死药后得意扬扬的原因。

后羿很快乐地想着，不知不觉，早已到了家里。他一时记起了西王母的话，忙把那包不死药从怀里掏出来瞧了瞧，幸喜依然包得很好，总算才放了心。

后羿的妻子，名叫嫦娥。正当后羿检查那包不死药的时候，嫦娥站在旁边，恰巧被她瞧见了，她便向后羿问道：“这是什么东西啊？”

后羿因为她是自己的妻子，并不防备她有什么歹意，所以就老实对她说道：“这是不死药，我刚刚从西王母那里讨来的，等一会儿，我只要把它吃了下去，便永远不会死了。”

字词释义

防备：做好准备以避免受到攻击或损害。

嫦娥听说，觉得这真是一件珍贵的东西。她

想："这包药，要是我能够设法拿来吃了，不是就可以不死了吗？"

但是，药在后羿手里，她怎样能够吃得到呢？因此，她只得开始使用欺骗方法了。她假装着仿佛突然记起一件事来似的说道："刚才有一个人来找你，说有重要的国事要和你商量呢，你不如赶紧去料理一下再说吧——这包药，让我替你好好地保藏着，等你回来服用就是了。"

语言描写

表现了嫦娥欺骗后羿时脸不红心不跳的样子。

后羿果然一点儿也不疑心他的妻子，很放心地把不死药交了给嫦娥。

嫦娥瞧着丈夫出了门，她便偷偷地把那包不死药吞服了。等到后羿走回家来，非但那包药早已没有了，竟连他的妻子也不知去向了。

原来嫦娥将那不死药才吃下肚去，她的身体便如云烟一般地轻了。一霎间，不由自主地，就直向天空飞了上去。她只觉得越飞越高，却不知道飞了多少里路，更不知道飞了多少时候，最后便飞进月亮里去了——她就在那边住着，做了月神。

字词释义

不由自主：自己控制不住自己。

月亮里是冷清清的，除了嫦娥以外，便没有第二个人了。她住得寂寞极了，虽然懊悔当初不该偷吃不死药，但是，直到现在，她还是一个人住着，再没有方法回到人间来了。

点评

嫦娥做了错事，这便是对她的惩罚。

知识拓展

在更早一些的传说中，嫦娥在吞下灵药前找到了一个叫有黄的巫师，占卜自己吃下药后会不会闯祸。这有黄竟是个神棍，他装模作样地对嫦娥说：“放心大胆地去吧，你命中注定往后要大大昌盛！”嫦娥听了巫师的话，私吞了灵药。她不敢飞向天府，于是飞升到了月宫，没想到竟变成了丑陋的癞蛤蟆。懊悔的嫦娥无法改变一切，连后世的诗人都嘲讽她：“嫦娥应悔偷灵药，碧海青天夜夜心。”

延伸思考

对于嫦娥欺骗和独吞灵药的行为，你怎么看？

我的笔记

日积月累

千方百计　满口答应　贵重　得意扬扬

希冀　不知不觉　恰巧　防备

不知去向　冷清清

斑竹的来历

文前小问号

自古写斑竹的诗词太多了，为什么它会被诗人格外青睐呢？难道这竹子身上还有着什么故事吗？

现在，我们所用的各种竹器中，不是有一种斑竹做成的吗？那种竹上，因为有许多棕黑色的斑点，似乎比别的竹来得美丽，所以，喜欢用这种竹器的人也很多。

但是，这种竹子上，为什么生着这许多斑点呢？——其中却有一段悲哀的神话：

据说，在尧做帝王的晚年，因为丹朱[①]不肖

百科知识

斑竹：于碧玉色竹皮上具紫色蝶旋状斑纹，斑斑如泪痕，因此斑竹亦称泪竹或湘妃竹。

字词释义

不肖：品行不好（多用于子弟）。肖，像。

---

① 丹朱：尧的嫡长子。

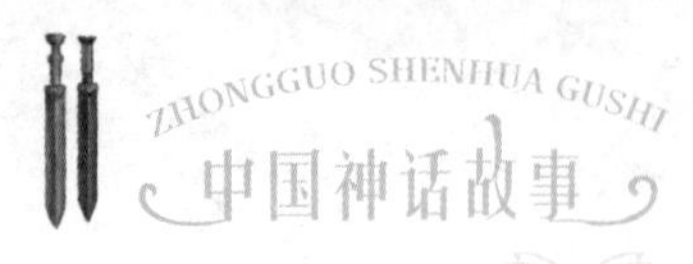

(xiào)，便决心想把帝位传给舜[1]，并且，更把自己的两个女儿，一齐嫁给他做妻子。

这两个女儿，大的名叫娥皇，小的名叫女英。她们虽然都是帝王的女儿，但是，却一点儿也没有骄盈的习气。所以，她们和舜结婚以后，便常常跟着舜到田野中去工作，无论对于什么人，也都非常温婉谦恭。

点评

写出了娥皇女英是如何没有骄盈的习气的。

后来，舜做了四十九年帝王，因为要视察民间疾苦，便到南方去游历。可是，不幸得很，当他刚巡行到苍梧这个地方，终于因为操劳过度，得病死了。

百科知识

苍梧：古有苍梧之野，在今湘粤桂交界一带，是湘水与资水发源之处。

娥皇和女英，当舜出门以后，她们都时刻想念着他，所以，过不了几天，便也从家里动身跟着出来了——她们依着舜所走过的路径，急急地行进，想追到舜的去处。

哪知，她们才走到湘水旁边，就得到了这坏消息。

这是多么悲伤的事！自然，她们闻讯以后，便号啕大哭起来。这时，她们恰好站在几竿修竹的旁边，所以，眼泪滴下去，都滴在几枝竹枝上，斑斑点点的，很是鲜明。可是，事后她们曾

字词释义

号啕大哭：形容放声大哭。

① 舜：中国古史传说时代的古帝，称帝舜有虞氏。

竭力擦拭，却总是揩（kāi）抹不去了。

不但这样，而且以后新生出来的竹枝，也就有斑点了——这便是斑竹的来历。

不久，娥皇和女英也死了，她们便做了湘水的神：一个名叫湘夫人；一个名叫湘君。现在在湖南地方，还有湘君庙的建筑。

并且，据一般的传说，当时她们从湘水一直到苍梧，所有沿路的竹枝上，都被她们的泪洒遍了，所以直到现在，别的地方没有斑竹，只有现今湖南和广西却生产得很多。

点评

也有一种说法认为，湘君是湘水水神，湘夫人是娥皇女英二人的统称。

点评

从湘水和苍梧的地理位置角度解释了为何湖南和广西会有很多斑竹。

我的笔记

知识拓展

尧的长子丹朱，是一个很荒唐的人。他骄傲暴虐，喜欢乘船到处游玩。自从大禹治水之后，有些地方的水浅无法通船，他就命人不分昼夜地替他推着船走，即“陆地行舟”。

尧决定禅位给舜，怕丹朱不服，就将他放逐到南方的丹水去做诸侯。那里有个部落叫“三苗”，首领与丹朱交好，就互相勾结起来，反叛尧的统治。两方交战于丹水。因为尧的军队人心所向，所以丹朱和三苗的联盟很快败下阵来，三苗的首领被杀，丹朱也畏罪自杀。

延伸思考

娥皇、女英为什么被叫作湘夫人和湘君呢?

日积月累

斑点　悲哀　不肖　温婉　谦恭

操劳过度　闻讯　号啕大哭　鲜明

洪水时代的奇迹

文前小问号

你知道吗？鲁迅先生在少年时期，曾经有一本特别喜欢的奇书，就是这篇故事中提到的《山海经》。这本书究竟哪里有意思？这篇故事中所介绍的奇特内容，哪一个最吸引你呢？

古时洪水泛滥，尧曾使鲧治理这件事。但是，经过了九年，仍旧没有成功。到了舜做天子，便保举鲧的儿子禹[①]，叫他继续父业。

禹奉了这个使命，不敢怠慢，立刻偕同益，先到各处名山大泽间去调查水势。他每到一个地方，便召集山神，细细地问他：山川的脉理怎样？鸟兽昆虫的产生怎样？以及八方的民俗、土

点评

侧面表现了治水的任务艰巨。

字词释义

怠慢：冷淡；不恭敬。

① 禹：史称大禹，因治理洪水有功，受舜禅让而继承帝位。

百科知识

山海经：先秦古籍。作者不详。现代学者认为成书非于一时，作者亦非一人。西汉末年刘歆曾加以校订。此书带有浓厚的神怪色彩，并保留了大量神话传说，在神话学上具有重要价值，对后世文学也有深远影响。

地的里数等，都叫益记下来，不久就完成了一部书，叫作《山海经》。现在把它摘出几则来看看：

招摇山，在西海上，山上多桂树和金玉。更有一种小草，开着青色的花，名叫祝馀（yú）。这花只要摘几朵来吃了，肚子就永远不会饥饿。还有一种树木，结的果子很像谷类，名叫迷谷，如果将它采下些来佩在身上，就不会被一切魔怪所迷惑了。还有一种野兽，样子很像禺（yú）[①]，耳朵是白的，能够像人一般两脚站起来走路。这种兽名叫狌（xīng）狌[②]，吃了它的肉，能够跑几千万里路，不知疲倦。

点评

介绍了烛阴的特点。

钟山的山神名叫烛阴，它把眼睛睁开来，便成为白天；把眼睛闭起来，便又变作夜晚了。他用嘴吹一口气，季候就变成严冬；叫一声，就变成炎夏。它既不饮，又不食，身长约有一千里，相貌非常奇怪：人的脸，蛇的身体，颜色又是血红的，终年住在钟山的下面。

字词释义

季候：时节；季节。

崇吾山上，有一种小鸟儿，形状像凫（fú），却只有一只翅膀，一只眼睛，仿佛是从整个鸟身上剖下来的半只。它们一定要找到别的同类，互

---

① 禺：中国古代神话中的一种猴。

② 狌狌：即猩猩。

相把身体拼凑起来，才可以任意飞翔。这种鸟名字叫作蛮。据说，当它们飞出来的时候，世界上便要发洪水了。

太华山形势峻峭，高约五千仞[①]，山顶成四方形，周围约十里。山上并没有鸟兽，只有一种大蛇盘踞着，有六只脚，四只翅膀。有人见到这种大蛇，世界便要大旱了。

夸张

强调太华山之高。

昆仑山上有一个神，面貌虽和普通人差不多，但是，他的身体，却像一只老虎，而且有斑纹，有尾巴。尾巴上缀满白色的点子，样子十分可怕。[②]在他住着的地方，下面有一条弱水环绕着，水的北面，又有一座山，叫作炎火山。山中火光熊熊，要是拿物投到山中去，立刻便会燃烧起来。这山非常富庶，无论什么东西都有，而且还有一个神，嘴里生着老虎的牙齿，背后长着豹的尾巴，头上戴着一个胜[③]，终年住在洞穴中的，名字就叫作西王母。她有三只青鸟，终日飞来飞

外貌描写

展现了陆吾的奇特外貌。

字词释义

富庶：物产丰富。

① 仞：古代计量长度的单位。周制十一尺为一仞，汉制七尺为一仞。

② 此处应指陆吾。陆吾是昆仑山上的神明，人面、虎身、虎爪，有九条尾巴。

③ 胜：古代妇女首饰。

去的，据说是替她到昆仑山上去取食物的。

昆仑山的面积，约八百里，高约一万仞。山上有木禾，长约五寻[①]，粗约五围。木禾的前面有九口井，井栏都是用白玉雕成的。更有九扇门，每一扇门里，都有一只名叫开明的野兽[②]守着——开明兽身大如虎，生着九个头，容貌都和人一样，永远是向着东方站着的。在开明的西面，有几只凤凰和鸾鸟，它们的头上都顶着一条蛇，脚下也踏着一条蛇，胸口更盘着一条赤蛇。

点评

中华民族自古对“九”这一数字有着独特的情结，因为九是最大的阳数，常用来表示最多、无数的意思。

林氏国有一种珍奇的野兽，大小和老虎相仿，身上五色斑斓，尾巴很长，名字叫作驺（zōu）。有人骑着它，一天可以走一千里路。还有一种巴蛇，全身是黑色的，头部是青色的。它因为身体长得太大了，平常的一切野兽，委实不够它一嚼，因此，常常只找寻些大象来充饥——也许正如我们吃一只小虾一般，要经过三年以后，才会把骨头慢慢地吐出来。

点评

形象生动地写出了巴蛇之大。

昆仑山的东面，有几个本领很大的神人住着，他们的名字叫作巫彭、巫抵、巫阳、巫履、

① 寻：古代计量长度的单位，八尺为一寻。

② 开明兽：开明兽也是昆仑山上的神兽，有九个头、虎身、人面。开明兽不等同于陆吾。

巫凡、巫相。以前曾有一个蛇身人面，名字叫作窫窳[①]的，忽然被人杀死了，他们能够用不死的药，使那窫窳的尸体，死而复生。

点评

能使死人死而复生，果然是神人。

此外，还有不少奇异的地方，产生不少千奇百怪的鸟、兽、草、木，一时也说不尽这许多了。

知识拓展

洪水平息之后，禹想量一量大地的面积，便命他手下的两个天神大章和竖亥，一个从东极走到西极，一个从北极走到南极去丈量长度，没想到两个人量的数目是一样的。而那些三百仞以上的洪水大坑，早就被息壤填平了；那些突起的地方，也变成了有名的山川。《山海经》里就记载着，竖亥出发的时候，右手拿了一些叫作“算”的竹片，是专门用来计算数目的。

我的笔记

延伸思考

《山海经》中的西王母，和现在影视作品里

① 窫窳：古代传说中神祇之名，原为人首蛇身，后因故化为龙首猫身。

的西王母形象一样吗？《山海经》里的她长什么样？

日积月累

怠慢　迷惑　峻峭　盘踞

环绕　火光熊熊　富庶

佳句欣赏

钟山的山神名叫烛阴，它把眼睛睁开来，便成为白天；把眼睛闭起来，便又变作夜晚了。他用嘴吹一口气，季候就变成严冬；叫一声，就变成炎夏。它既不饮，又不食，身长约有一千里，相貌非常奇怪：人的脸，蛇的身体，颜色又是血红的，终年住在钟山的下面。

防风国的两个凶神

文前小问号

尧舜都是广受人民拥戴的明君，那大禹呢？他除了治水有功，是否也受到各个部落的推崇呢？如果遇到野蛮之人，他又会怎么处理呢？

上古的制度，凡是做天子的，每隔五年定要到各处去巡狩一次。

禹即了帝位，天下已经很太平了。过了几年，也照例到各处去巡狩。有一天，到了茅山顶上，禹觉得那座山的形势很好。如果就在这地方做个开会的场所，似乎是很适宜的。因此，他便发出一道命令，立刻召集诸侯们，到茅山上来会见。

这一次的大会，因为是专门计划治国的道理的，所以，禹就把茅山的名字，改成了“会

百科知识

巡狩：又称巡守，指帝王出京巡视四方的活动。巡狩制度起源于早期国家首领对各地的武装巡视活动，传说黄帝、尧、舜、禹就曾巡狩各地。

字词释义

茅山：即会稽山，又称苗山、涂山、秦望山。位于浙江省绍兴市。

计”——后来也有人将它写为“会稽”了。

闲话慢表，再说当时四方的诸侯，自从接到了禹的命令，他们便急忙动身，一齐向着茅山进发。不多几天，就已到了目的地了。茅山顶上，顿时挤满了黑压压的人头，非常热闹。有人约略地计算一下，大约执玉帛[①]的，一共有一万多国，这真可算是自古以来，第一次的盛会了。

字词释义

心悦诚服：真心实意地服从或敬佩。

在这些诸侯之中，心悦诚服地来会的，自然是居于多数；但是，其中也有桀骜不驯，一时因为畏惧禹的势力，不得已而来的，像防风国的两个凶神，便是属于这一类的。

字词释义

桀骜不驯：凶暴倔强，不肯顺服。

这两个凶神，来的时候，手里既不执玉，又不执帛，却是执着两张大弩，形状已是十分地野蛮了。哪知他们一遇着大禹，不问情由，便举起大弩，搭上了一支利箭，直向他射了过去。幸亏大禹躲避得很快，总算没有被他们射中。

点评

表现了两个凶神的野蛮与无礼。

这时候，两个凶神看见大禹神色不变，心中正在吃惊，忽然间，天上却已布满了乌云，轰隆轰隆地打起雷来了，一道道的电光，不住地只向着两个凶神的身上闪着。因此，两个凶神更加手足失措，不知怎样才是。

字词释义

手足失措：形容非常慌张，不知如何是好的样子。

---

① 玉帛：指古时诸侯们见面时互赠的礼物。

他们暗想："大禹的确是一个伟大的神人，所以我们侵犯了他，天也要责罚我们了。可是，与其被迅雷击死，倒不如自尽了吧！"他们一面想着，一面便拔出一把刀来，向着自己的心窝里刺了进去。

仁慈的大禹，看到这种情形，不但不怨恨他们，却反而动了恻隐之心。他立刻便去找了一株"不死之草"来，亲自给他们治疗，那两个凶神，才重新活了过来。

不过，他们的胸前直穿到背后，永远是留着一个大洞了。后来他们的子孙渐多，便另成一国就叫作贯胸国。

贯胸国里的人民，却有一件极便利的事，就是他们每天出门，可以不必坐轿，不必乘车，只要用一根木棍，向着那胸口的洞中一穿，前后雇两个人抬着，便可以很舒适地到处游行了。

字词释义

恻隐之心：看到别人遭受苦难而产生怜悯同情的心情。

点评

交代了贯胸国名字的由来。

知识拓展

有关防风氏的凶神，《博物志》这本书里还有另一种版本。原来，在会稽山开会时，防风国的国君因为迟到而被大禹杀了。后来洪水平息之后，天上降下两条神龙来，禹就派一个叫范成光

我的笔记

的使者，驾着两条龙，巡视海外各国。途经防风氏部落时，防风氏的两个臣子为报国君之仇而想射杀禹的使者，不想失败，于是愤而自杀。后续的故事，就与本篇故事中描述的差不多了。

延伸思考

贯胸国的国民有什么特殊技能吗？

日积月累

巡狩　心悦诚服　桀骜不驯　恻隐之心
侵犯

飞沙填没了长夜宫

文前小问号

有个成语叫作“天怒人怨”，用来形容夏桀此人再合适不过了。那么，面对这样的暴君，上天是怎样做的呢？

夏桀暴虐无道，百姓们都很怨恨他。但是他的力气很大，能够徒手打死老虎，所以大家也奈何他不得。

自从他去征伐蒙山，娶了妹嬉回来，便事事都听她的指使，更加穷奢极欲，荒淫无度了。

不久，桀又听了妹嬉的话，预备在宫中建筑起一座瑶台来，作为他们游乐的场所。于是，他便发下一道命令，要征集全国的百姓来替他做工，并且还要他们尽力地捐助钱财。因此，百姓们财穷力竭，十分困苦。

百科知识

夏桀：史载夏朝最后一个王，又名履癸。夏桀自恃其勇，不修德政，大兴土木，耗尽民力。人们不堪其苦，诅咒他早日灭亡。夏桀又重用奸臣，陷害忠良，使得朝纲昏乱。后来夏桀被商汤打败，死于南巢，夏朝灭亡。

字词释义

妹嬉：又名妹喜、末喜、妹嬉、妹喜。夏桀宠妃。

字词释义

财穷力竭：钱财和力气都消耗光了。

有一个大臣名叫关龙逢的，看到这种情形便劝他道：“古时候的帝王，都是爱百姓，讲俭朴的，所以国家也很安宁。现在，你用钱好像永不会穷尽似的，杀人又不当怎么一回事，要是再不改过，也许亡国就在眼前了！”

桀却冷笑道：“哼，你要明白，我之有天下，犹如天上有太阳，太阳会有灭亡的时候吗？——这是你的妖言罢了，要知道，妖言惑众是犯罪的。”说着，便叫人把关龙逢拿下，绑出去斩了。

神态描写
语言描写

展现了一个自大且冷酷无情的暴君形象。

字词释义

妖言惑众：用荒诞不经的话迷惑众人。

从此，便没有人再敢劝谏他了。桀不但照着计划，把瑶台建筑好了，更在深谷中造了一座长夜宫，预备和妹嬉以及亲信的人们彻夜作乐。

这座长夜宫，造得非常精致，其中雕梁画栋，真是说不尽的繁华。造成以后，桀便率领妹嬉和宫女们，昼夜住在宫中，并且邀了一班幸臣，整日饮酒、奏乐。这样男男女女的混杂在一起，每夜总是直到天亮，才肯散去。

字词释义

雕梁画栋：形容建筑物富丽堂皇。

桀在夜里饮宴得疲倦了，白天就整日地睡觉休息，这样接连十旬，他一直没有上朝去听政。一切国家大事，只凭着他所亲信的几个佞臣，任意处理，国事自然便紊乱得一塌糊涂了：狡猾的莠（yǒu）民，可以放大胆子欺压弱者；驯良的百姓，受了冤屈没有地方申诉。搅得天怒人怨，

字词释义

莠民：坏人。

国家也不像国家了。

有一夜，桀兴致勃勃的，又在长夜宫中，开怀痛饮。不一会儿，忽然听见谷外风声呼呼，霎时飞沙走石，连这建筑得很坚固的长夜宫，也摇动起来了。

桀知道事情不妙，急忙搁下酒杯，扶着妺嬉慌慌张张地冒险逃出谷外。幸亏，这些沙石是只向谷中飞投的，所以逃出了谷外，桀的性命总算保住了。

大风刮了一夜，沙石也飞了一夜。等到第二天早晨，有人走过谷外，那深谷已看不见了，长夜宫也不知去向了——原来一夜的飞沙走石，已经把深谷填平，长夜宫自然是埋没在深谷中了。

据说，这是上天恼怒他的无道，所以特地给了他一次惩戒。

神态描写

兴致勃勃：形容兴趣浓厚，情绪很高。

点评

描写了长夜宫消失的情景。

知识拓展

当年越王勾践把西施献给吴王夫差时，伍子胥曾进言，说美丽的女子，像夏朝妺嬉、商朝妲己、周朝褒姒，都是祸国殃民导致国家灭亡的祸水，于是竭力劝阻夫差。有关妺嬉灭亡夏朝，有着两种说法：一种认为她是商朝大臣伊尹派到夏

我的笔记

桀身边的细作；另一种认为她是失宠后心生怨恨，故而报复夏桀，与伊尹里应外合灭了夏朝。世人往往把过错怪罪在所谓的祸国妖妃身上，不想如若那夏桀是一名贤明的君主，又如何会被妹嬉迷惑，最后身死国灭呢？

延伸思考

关龙逄是个怎样的人？为什么自他之后，再也没有人敢劝谏桀了？

日积月累

暴虐无道　财穷力竭　俭朴　冷笑
妖言惑众　劝谏　彻夜　雕梁画栋
饮宴　一塌糊涂　冤屈　天怒人怨
兴致勃勃　飞沙走石　慌慌张张

百姓们为什么敬重桎梏

文前小问号

桎梏是什么？百姓们为什么很敬重它们呢？

商朝传到了盘庚，便把国号改为殷。这样经过二百四十多年，传到纣做王，却又像夏朝的桀一般地暴虐无道起来了。

纣不但搜刮了民间的财物，供他一个人享用，并且还添置了种种残酷的刑具，威吓百姓们，不准他们说一句怨话。其中最厉害的，便要算是炮烙（páo luò）之刑。这种刑具，是用金属做成的一根空心柱子。如果捉着了反对他的人，立刻就在柱中生起火来，使那柱子烧得又红又热，然后将那人绑在柱上，活活地烤死。他

百科知识

盘庚：商朝第二十代国王。他继位后，迁都至殷，在安定秩序的基础上，加强王权，使生产得到了恢复和发展。“盘庚迁殷”成为商代由乱到盛的转折点。

点评

把商纣和夏桀联系起来，能想象得到商纣的下场将会如何。

字词释义

谄媚：用卑贱的态度向人讨好。

百科知识

三公：古代最高辅政大臣，一说指太师、太傅、太保，一说指司徒、司马、司空。

点评

突出了商纣王的狠辣残忍。

字词释义

愤愤不平：非常生气，心中不服。

又造了一千副桎梏（zhì gù）[1]，凡是诸侯们不去谄（chǎn）媚他的，便捉来先打一顿，再加上桎梏，永远监禁，或是砍死。殷朝的诸侯，有称为三公的，就是西伯昌[2]、九侯和鄂侯。当时，纣不知道怎样一不高兴，便把九侯捉来杀了，竟将他斩成了肉酱。鄂侯眼瞧着这惨状，便竭力和纣争辩，责备纣不应该这样残酷。哪知纣却连带地痛恨鄂侯，也将他杀了，并且将他的尸身，腌成了人干。

西伯昌虽然不在面前，但是，他后来得到了这个消息，也不禁深深地叹了一口气。不料这叹声却被一个叫作崇侯虎的听见了，他便去告诉了纣。纣非常愤怒，立刻又把西伯昌捉了来，监禁在羑（yǒu）里这个地方。

西伯昌本是一个极仁厚的人，他一向敬老、慈幼，礼待贤者，而且能够和百姓们同甘苦，很得民心。所以百姓们知道他被监禁了，个个都有些愤愤不平起来。

纣看见百姓们这样激昂，他便暗地里差了人

---

① 桎梏：脚镣和手铐。

② 西伯昌：西伯即西方诸侯之长。纣曾封周文王为西伯，昌是文王的名字。

去，把西伯昌的长子名叫伯邑考的捉了来，将他放在一只大锅子里，烧煮成羹，再叫人拿去给西伯昌吃。西伯昌不明白其中的秘密，竟毫不迟疑地吃了，于是，纣便宣言道："圣人是决计不会吃自己的儿子的，现在西伯昌吃了他儿子的肉，谁说他真是圣人呢？"

点评

西伯昌的无心之举，让商纣王留了他一命，没有杀害。

百姓们虽然不敢和纣计较，可是，从此同情西伯昌的人，却更加多了。

西伯昌在羑里监禁了七年，幸亏闳（hóng）夭、散宜生、南宫适（kuò）一班人献了些宝物给纣，总算才放了出来。

过了几年，西伯昌死了，他的儿子武王[①]，便起兵灭殷，做了天子，后追尊西伯昌为文王。

武王在纣的宫里，搜出那一千副桎梏，叫百姓们拿去丢在河里。百姓们受了命，却恭恭敬敬地拿着桎梏，走到河边，然后一齐跪下来致了敬礼，才很郑重地丢到水里去。

点评

百姓们这么做显得很奇怪，但是事出有因。

武王看得很奇怪，便问他们是什么缘故。百

① 武王：周朝第一代王。姬姓，名发，周文王的儿子。文王长子伯邑考为商王纣杀害后，立发为太子。文王死后，太子发继位，将周都从丰迁到镐，即宗周（今陕西西安市长安区西北）。

语言描写

揭示了百姓很敬重桎梏的原因。

我的笔记

姓们道："从前西伯昌的手足上，曾经加过这种刑具，我们因为思念西伯昌，所以连他戴过的桎梏，也很敬重呢！"

这就可见百姓们对于西伯昌的爱，是何等的真挚、热烈啊！

知识拓展

散宜生他们救出西伯昌后，立刻把当年商纣王杀害伯邑考，还将其做成肉羹的实情告知了西伯昌。这位老人忍着悲痛赶紧逃离了羑里，出城不过十来里路，西伯昌胸中一闷，接连吐出了一团团红色的肉团，这些肉团化成了一群未睁眼的兔子。西伯昌想着爱子被害，不禁悲从中来，放声大哭，命人埋了那些兔子。据说人们在他吐出肉团的地方立了一座"吐子冢"，吐子谐音兔子，皆在纪念伯邑考。

延伸思考

百姓们是如何敬重桎梏的？原因是什么？

日积月累

残酷　刑具　威吓　炮烙之刑　谄媚　监禁

争辩　敬老　慈幼　愤愤不平　激昂　真挚

干将莫邪

?文前小问号

你知道吗？很久以前，铸剑的剑工在铸造好宝剑后很容易遭受被迫害的命运。这篇故事中的干将莫邪就是铸剑名手，他们会有什么遭遇呢？

百科知识

干将、莫邪：传说中春秋末年的铸剑名匠。

字词释义

作弄：捉弄。

楚国有夫妻两人，夫名干将（gān jiàng），妻名莫邪（mò yé），他俩都是铸剑的名手。

楚王听说他们有这样大的本领，很是妒恨，他便要想出法子来作（zuō）弄他们了。

有一天，楚王使人去叫了干将来，对他说道："我听说你们夫妻两人铸的剑，是天下闻名的，因此，我很羡慕。现在，我想请你给我铸两柄剑，一柄要雌的，一柄要雄的，即刻便要拿来。倘若做得慢了，我便要杀死你！"

干将回到家里，就开始忙着铸剑，哪知这剑

却非常难铸，一直工作了三个年头，才把两柄剑铸成功。他自己知道，工作了这样长久，即使将两柄剑一同拿去，献给楚王，也一定没有好结果的。因此，他便决意拿一柄雌剑去见楚王，却把雄的一柄留下了。

这时，他的妻子莫邪，正怀着身孕，将要生产了。他临走的时候，对她嘱咐道："当时楚王叫我铸一柄雌剑一柄雄剑，他要我立刻便拿去的。现在，我铸了三年才成功，楚王一定很恼怒了，倘若把剑拿去，他当然要杀死我。现在，我已准备被杀，只把雌剑拿去，将雄剑留着。你若是生了儿子，等他长大了，你便将这事告诉他，并且和他说，对着我家门口的那座南山中，有一棵大松树生在大石上，那柄雄剑，就在这松树的背面。"说罢，他便别了莫邪，带了雌剑去见楚王。

楚王见了干将，便大怒道："怎么你过了三年才把剑拿来呢？"于是，便叫人拿了剑来看。却只见一柄雌剑，并没有雄剑。因此，他更加愤怒了，说道："我叫你铸两柄剑，你为什么只铸了一柄？我叫你立刻拿来，你又挨了三年，这不是故意违背我的命令吗？"

楚王大怒之下，竟将干将杀死了。

字词释义

生产：这里指生孩子。

点评

干将的推测果然没错。

点评

楚王如此残暴，一定有人来主持公道。

赠阅

快乐读书吧

阅读与写作指导手册

中国神话故事（大字版）

经典选本　培养智慧　快乐阅读　精美彩插

1. 以教学大纲为钥，以点带面，帮你打开名著阅读的大门
2. 授人以渔，师长技，教窍门，提高阅读和写作技巧
3. 高效阅读笔记，积累好词好句，让好习惯成为自然
4. 模拟考题，读练结合，提高解题能力，让阅读更有效

课前热身

神话故事的特点

1. 题材广泛，想象力丰富。神话故事是古代人民发挥他们奇特的想象和幻想而创作的，具有神奇、丰富、多样化的特点。

2. 故事性强，具有浓厚的浪漫主义色彩。神话故事往往把人民的生活场景融入故事里，加以浪漫化。

3. 主人公性格鲜明，能力不凡。神话故事中的主人公大多是原始社会里的劳动英雄、战斗英雄和其他英雄人物的理想化身，人物性格都鲜明生动。

中国神话故事的特点

1. 中国神话故事是中国上古时期文化的产物，反映了早期华夏儿女淳朴的思想以及古代人民对自然现象及社会生活的原始幻想，是通过超自然的形象和幻想的形式来表现的故事和传说。

2. 中国神话故事多以各种自然神灵和神化了的英雄人物为主人公。

3. 中国神话故事的情节主要表现为神力、变化、奇闻异事、战争、爱情等，故事中有各种寓意。

4. 中国神话故事通常是对某种自然和社会现象的解释；有的是表达先民征服自然、变革社会的愿望。

5. 中国神话故事主要通过书籍记载与口耳相传等方式在人民群众中传播。

中国神话故事中的主要人物

1. 盘古：中国最早的神话人物，传说是他开天辟地创造了世界。

2. 女娲：中国早期神话人物，相传和伏羲氏是兄妹。有女娲造人、女娲补天等神话故事。

3. 有巢氏：有巢氏构木为巢，引导人类进入巢居生活时期。

4. 燧人氏：燧人氏钻燧取火，开辟了人类人工取火的历史时期。

5. 炎帝：炎帝即神农氏，相传神农尝百草，始用草药济世。

6. 黄帝：应比炎帝稍晚，二者同为少典氏之后裔。黄帝族系与炎帝族系战于阪泉，黄帝获胜后两大族系结成联盟，相互融合。黄帝族系后又与九黎部族大战，取胜并斩杀九黎首领蚩尤。炎帝和黄帝共同缔造华夏族，故后世有“炎黄子孙”的说法。

7. 庖牺氏：也就是伏羲氏，中国古史传说时代教授人们结网狩猎的人。传说伏羲氏始作八卦，此为五千年中华文明的滥觞。

8. 嫘祖：中国神话传说中黄帝的妻子，发明并教会人们养蚕缫丝。

9. 颛顼：黄帝的孙子。他在位期间，进行原始宗教改革，废止“人人通神”的成习，改为设置专职巫师以通神，从而提高了神的地位，改变了“人神不明”的状况。

10. 舜：颛顼的第六代孙。他摄政期间洪水泛滥，先令共工氏治水，共工氏采取土淹之法治水不成；又令

了新的华夏部落联盟，为中国上古文化交流与发展奠定了强有力的基础。

3. 日月神话是解释日月星辰等自然现象的神话。羲和、后羿、嫦娥就是中国日月神话中的主要人物。日月神话反映了远古人类对于天体的朴素认识，有的则表现了人们企图用巫术手段控制天体的愿望，具有原始科学和某种实用意义。

4. 动植物神话是原始人民对于动植物来源和特征的解释性故事。在原始渔猎和采集经济时代，人类生产力水平极其低下，还不能把自己同自然界区别开来。人们往往认为周围的动植物也像人一样具有知觉和感情，特别是对于那些同人的生活、生产有直接利害关系的动植物，人们就运用形象化的幻想手法来说明它们的来源和特征，创作出动植物的起源神话。

不管是哪一类神话，都响彻着对劳动和创造精神的赞美，充满了厚生爱民的意识。从艺术上看，中国神话故事具有浓郁的浪漫主义色彩，情节离奇，幻想奇特，夸张大胆，想象丰富。

阅读方法提示

端正态度，化整为零。虽然大家拿到的是一本书，但是读书的时候，要一个故事一个故事地读。

一边读书，一边想象故事的情节。

读完书，画一幅阅读思维导图。

边读书，边思考：故事的主人公是谁？他做了什么？他做的事对后世有什么影响？

做好笔记，记录精彩的故事情节、生动的语句和描写动作细节、环境细节的句子段落。

在读书汇报会上，畅谈读书收获，探讨中国神话故事和上古历史的关系。

阅读规划表

在阅读之前，给自己订一个阅读计划吧！接下来，请你打开《中国神话故事》，让我们一起穿越时空，走进上古那片神奇的天空，聆听先人为我们讲述生动的神话故事，了解博大精深的中国古代文明。

第一天	《创造世界的经过》《女娲怎样造人》《树林里烧死的野兽》《一条麻绳真有用》
第二天	《炎帝用赭鞭鞭百草》《黄帝怎样征伐蚩尤》《羲和所驾的车子》
第三天	《神兽断曲直》《黄帝的梦》《黄帝乘龙上天》《神荼和郁垒》
第四天	《后羿射下了九个太阳》《嫦娥逃到月亮里去了》
第五天	《斑竹的来历》《洪水时代的奇迹》《防风国的两个凶神》《飞沙填没了长夜宫》《百姓们为什么敬重桎梏》
第六天	《干将莫邪》《七夕的故事》《受冤的孝妇》《泰山府君》

读写训练营

用精致的动作细节，刻画生动的人物形象。

写作文，尤其是写人记事的记叙文，要关注细节描写。细节描写就是把一个动作、一种表情、一句话等，用特写镜头放大，通过准确、生动、细致的描绘，使读者“如见其人”“如闻其声”。特别是准确、细致、生动地描写人物富有特征性的动作，能向读者透露出人物的性格、地位、心理、习惯、情感等，使得人物形象十分鲜明。

那么，问题来了，如何写好动作细节呢？

有以下几种办法，大家不妨试一试。

第一种方法：在关键处驻足，“慢”说细微之处。

放大镜头，细化动作；运用修辞，画其神韵；变换角度，增加层次；类比联想，添其内涵。动作细节描写的基本功是细致观察。要使动作细节描写生动形象，就要调动自己的各种感官，对事物做细致的观察。

先让我们看看怎么放大镜头，细化动作。例如：

> 一看见丈夫瞪着金子的眼光，葛朗台太太便叫起来：“上帝呀！救救我们！”老头儿身子一纵，扑上梳妆匣，好似一头老虎扑上一个熟睡的婴儿。

“一纵”“扑上”等动作的细节描写，写出了七十多岁高龄的守财奴的敏捷、迅猛，读者乍一看会以为这样的动作与年龄不符，但细想之下会发现这恰好反映了葛朗台的本质——爱财如命。

上面这一段文字里，作者使用了比喻的修辞方法，将葛朗台扑上梳妆匣比作“一头老虎扑上一个熟睡的婴儿”，刻画出了葛朗台贪婪与惊喜的内心世界。

第二种方法：选用典型细节，尽显人物特点。

动作细节是展示人物灵魂的关键处，所以一定要选好。

如《背影》中的动作描写：

> 我看见他戴着黑布小帽，穿着黑布大马褂，深青布棉袍，蹒跚地走到铁道边，慢慢探身下去，尚不大难。可是他穿过铁道，要爬上那边月台，就不容易了。他用两手攀着上面，两脚再向上缩；他肥胖的身子向左微倾，显出努力的样子。这时我看见他的背影，我的泪很快地流下来了。我赶紧拭干了泪。怕他看见，

也怕别人看见。我再向外看时，他已抱了朱红的橘子往回走了。过铁道时，他先将橘子散放在地上，自己慢慢爬下，再抱起橘子走。到这边时，我赶紧去搀他。他和我走到车上，将橘子一股脑儿放在我的皮大衣上。于是扑扑衣上的泥土，心里很轻松似的。过一会说：“我走了，到那边来信！”我望着他走出去。他走了几步，回过头看见我，说：“进去吧，里边没人。”等他的背影混入来来往往的人里，再找不着了，我便进来坐下，我的眼泪又来了。

父亲来回攀越月台，爬上爬下的动作，最能展示父亲行动的艰难和辛苦，让人觉得辛酸。这就是根据需要选择典型细节进行描写。

第三种方法：精心锤炼词语，工笔细描巧传神。

细节描写中，要选择恰当的词语，精心锤炼，做到以少胜多，乃至一字传神。例如：

醒来时马正嘶鸣着，用蹄把刀踢到他面

读书笔记

________年____月____日　　　星期____　天气______

积累的好词：

积累的好句子：

感想与总结：

4.（　　）教会了人们养蚕抽丝。

A. 女娲

B. 嫘祖

C. 有巢氏

D. 神农氏

5. 炎帝鞭百草，著成的书是（　　）。

A.《山海经》

B.《本草》

C.《淮南子》

D.《神异经》

6. 黄帝战胜蚩尤，得到了（　　）的帮助。

A. 玄女

B. 应龙

C. 河伯

D. 句芒

7. 七夕节牛郎织女相会，给他们搭桥的是（　　）。

A. 凤凰

B. 孔雀

C. 乌鹊

D. 青鸟

8. 人们因为（　　）而敬重桎梏。

A. 九侯

B. 鄂侯

C. 比干

D. 西伯昌

9. 黄帝和蚩尤在（　　）交战，最后蚩尤失败，黄帝顺从民意即帝位。

A. 涿鹿

B. 青州

C. 玉河

D. 昆仑

10. 上古时候（　　）是太阳神，驾着车子撒播光明。

A. 黄帝

B. 青衣

C. 羲和

D. 后羿

二、填空题（20分，每题4分）

1. 后来，盘古死了，他的头就变成了________；他的左眼变成了________；他的右眼变成了________；他的血液变成了________；他的毛发变成了________。

2. ________判断曲直。

3. 神荼和郁垒是上古神话传说中的________。

4. ________吃了后羿的仙药逃到月亮里去了。

5. 传说________是娥皇和女英的泪滴在上面再也擦不去而形成的。

三、判断题（20分，每题2分）

1. 上古时候，据说天和地是混合在一起的，形状好像一个大鸟蛋；既没有日月星辰，也没有山川草木，更没有人类或鸟兽，只是漆黑混沌的一团罢了。（　　）

2. 在这样大的世界上，女娲一个人孤零零地生活着，自然觉得冷清极了。她常常想和山川谈谈话，可是山川不能对答她；她又想和草木打个招呼，可是草木没有知觉，也不去睬她。（　　）

3. 用黄土造人时，女娲是十分细心的；用绳子蘸成

的，却不免有些粗制滥造了。所以用黄土抟成的，都是聪明人；用绳子蘸成的，却是愚笨凡庸的人。（　　）

4. 神话中发明钻木取火的是神农氏。（　　）

5. 教会大家结网捕猎的是蚩尤。（　　）

6. 治水成功的人是禹。（　　）、

7. 后羿射下了十个太阳。（　　）

8. 炎帝用赭鞭鞭百草，分辨寒、温、燥、湿、毒。（　　）

9. 干将莫邪铸成了三把剑。（　　）

10. 泰山府君请胡母班帮他带信。（　　）

四、阅读理解（20 分，每题 4 分）

每年夏秋之交，在天气清明的晚上，我们如果抬起头来，向天上望一望，常常可以看见，有一条灰白色的像带子一般的东西，横在天空。据传说，这是天上的一条河流，名字叫作天河。

天河的西面，有一颗星，名字叫作牵牛；

天河的东面，也有一颗星，名字叫作织女。它们隔着一条河，面对面地永远这样站着，你们知道是什么缘故吗？

原来自天地开降以后，天上就有一个天帝管理一切，这个织女，就是那天帝的女儿。

织女生来非常聪明，手脚又十分勤快。她每天住在河东的天帝宫里，没有事做，便专心学习纺织的事情。不久，居然被她发明了一种锦，织出来五颜六色的，很是美丽。自此以后，她便格外地勉励了，一天到晚，只是忙着织锦，从来也没有浪费一刻光阴的。

自然，天帝对于这个勤劳的女儿，是十分惬意的。

这时，河西住着一个牵牛郎。天帝每天看见他牵着一头牛，一刻不停地在田里工作，也很赞美他的勤劳，因此，便把织女许配给了牵牛郎。

哪知，织女和牵牛郎结婚以后，他俩的性情却大大地改变：一年到头，织女既不再织出一匹锦来；牵牛郎也从不知道到田里去望一望。两人整日地只是贪着游戏，委实变成一对懒人了。

渐渐地，这消息竟传到了天帝的耳朵里，天帝不觉大怒，于是立刻便把女儿叫了回来，不准再到河对面去和牵牛郎一块儿住——并且，定了一条规则，只准他们在每年七月七日那天晚上可以会面一次。

天帝定了这条规则，在他自己想起来，总算是已经万分宽恕的了。但是，按到实际，却仍旧和永远不准见面没有什么分别。因为，他们住着的地方，隔了这么辽阔的一条天河，那河上既没有桥梁，河里又没有船只，试问，他们还有什么方法，可以走过来相会呢？

所以，这一年虽然已经挨到了七月七日那天晚上，可是，织女和牵牛郎，一个站在河东，一个站在河西，依旧像平日一般地，互相遥望着，依旧不能谈一句话。

站了好一会儿，他们觉得实在没有会面的

希望了。不知怎的一阵心酸，两人便同时放声大哭起来。

这哭声，却惊动了天河边宿着的一群乌鹊。它们眼瞅着这种情形，很是可怜，因此，它们便张开了双翼，一只一只地接续着，飞去停在那河面上，立刻造成了一条鹊桥。

织女踏在这些乌鹊的背上，一步一步地走去，居然渡过了河，和那久别的牵牛郎相见，而且诉说了许多别后的衷曲。直等到天快亮了，织女依旧从那鹊桥上渡过河东，那些乌鹊才散了开去。

一直到现在，每年在七月七日那天晚上，我们如果细细地考察起来，全世界的乌鹊，一定要比平时少些，因为，它们都到天河上架桥去了啊！

所以每年农历七月七日那天晚上，人家也就特地替它起了个名字，叫作“七夕”。

1. 给这个故事取一个名字。

2. 读一读、想一想，天帝为什么惩罚牵牛郎和织女？请你找到原因用直线画出来。

3. 请你用波浪线画出文中的一个比喻句，并仿写一个比喻句。

____

4. 请你根据文中自己不明白的地方，提出一个问题。

____

____

5. 读完这个故事，你认为天帝做得对吗？为什么？

____

____

____

五、简答题（20分，每题5分）

1. 你知道中国神话传说中三皇五帝是谁吗？

2. 请你列举女娲做过的事。

3. 在这本书中，你最喜欢的人物是谁？你认为他是神仙吗？

4. 你知道涿鹿之战的经过吗？在那场战争中，谁是胜利者？

参考答案

一、选择题

1.C 2.B 3.B 4.B 5.B

6.A 7.C 8.D 9.A 10.C

二、填空题

1. 四方的大山　太阳　月亮　江河里的水　野草和树木

2. 解廌兽　3. 门神　4. 嫦娥　5. 斑竹

三、判断题

1. √　2. √　3. √　4. ×　5. ×

6. √　7. ×　8. √　9. ×　10. √

四、阅读理解

1.《七夕的故事》或者《七夕的来历》

2. 略　3. 略　4. 略

5. 对错无关得分，说得有理就好。

五、简答题

1. 一般认为，三皇为燧人、伏羲、神农，五帝为黄帝、颛顼、帝喾、尧、舜。

2. 造人、补天。

3. 略

4. 黄帝和蚩尤在涿鹿对决，黄帝胜出。

阅读回执

你是否喜欢这本书	□喜欢　□一般　□不喜欢
你的同步测试的成绩	□优秀　□良好　□及格 □不及格
你最喜欢的故事	
你觉得这本书还可以怎样改进？	

快乐读书吧

《和大人一起读》（大字版） 金　波 等著
《读读童谣和儿歌》（大字版） 樊发稼 等著
《小鲤鱼跳龙门》（大字版） 金　近 著
《孤独的小螃蟹》（大字版） 冰　波 著
《一只想飞的猫》（大字版） 陈伯吹 著
《“歪脑袋”木头桩》（大字版） 严文井 著
《小狗的小房子》（大字版） 孙幼军 著
《玩具和我：一起长大的玩具》（大字版） 金　波 著
《愿望的实现》（大字版） [印] 泰戈尔 著
郑振铎　张孝青 译
《稻草人》（大字版） 叶圣陶 著
《格林童话》（大字版） [德] 格林兄弟 著
杨武能 译
《安徒生童话》（大字版） [丹] 安徒生 著
叶君健 译
《中国古代寓言故事》（大字版） 吕伯攸 编著
《伊索寓言》（大字版） [古希腊] 伊索 著
周作人 译
《克雷洛夫寓言》（大字版） [俄] 克雷洛夫 著
朱宪生 译
《北欧神话 ABC》（大字版） 茅　盾 著
《米·伊林 十万个为什么》（大字版） [苏] 米·伊林 著
含　章 译
《看看我们的地球》（大字版） 李四光 著
《美洲神话故事》（大字版） 林丹羽　廖诗忠 编
《中国神话故事》（大字版） 吕伯攸　吴克勤 编
《希腊神话故事》（大字版） [美] 纳撒尼尔·霍桑 著
纪秋山 译
《灰尘的旅行》（大字版） 高士其 著
《人类起源的演化过程：
爷爷的爷爷哪里来》（大字版） 贾兰坡 著
《中国民间故事》（大字版） 郑　昶 等编著
《欧洲民间故事》（大字版） 含　章 编译
《非洲民间故事》（大字版） 尚金格 编译
《鲁滨逊漂流记》（大字版） [英] 丹尼尔·笛福 著
刘荣跃 译
《爱丽丝漫游奇境》（大字版） [英] 刘易斯·卡罗尔 著
马爱农 译
《爱的教育》（大字版） [意] 亚米契斯 著
王干卿 译
《童年》（大字版） [苏] 高尔基 著
沈念驹 译
《尼尔斯骑鹅旅行记》（大字版）
[瑞典] 塞尔玛·拉格洛夫 著
石琴娥 译
《小英雄雨来》（大字版） 管　桦 著
《汤姆·索亚历险记》（大字版） [美] 马克·吐温 著
姚锦镕 译
《红楼梦》（大字版） [清] 曹雪芹 著
《三国演义》（大字版） [明] 罗贯中 著
《水浒传》（大字版） [明] 施耐庵 著
《西游记》（大字版） [明] 吴承恩 著

后来，莫邪果然生了一个儿子，取名赤比。等到他长大时，有一天，忽然问他的母亲道："我自降生到现在，从来也没有看见过父亲，不晓得我的父亲在什么地方，请母亲告诉我，因为，我很想见一见父亲呢！"

莫邪被赤比一问，想起了干将，不觉流下泪来道："你的父亲因为给楚王铸雌雄两柄剑，铸了三年才铸成，他知道楚王必定要杀他了，所以只将雌剑拿了去，却将雄剑留了下来。谁知他到了楚王那里，果然立刻被杀了。这时，正是你将生的那一年。他临走，叫我将来告诉你：对着家门口的那座南山中，有一棵大松树生在大石上，那柄雄剑，就在这松树的背面——大约他是希望你去将它取出来呢！"

赤比听了母亲的话，非常悲愤，立刻跑到门外去望了一会儿，但是，哪里有什么山的影子，他一时很觉失望。后来回到屋里，偶然看见朝南有根松木的柱子，恰好装在一个石础上面，他便大悟道："原来父亲的话，是一种隐语啊！"

他拿了一柄斧头，将柱子破了开来，在柱子的背面，果然得到了那柄雄剑。他拿了这柄剑，想着父亲的惨死，痛恨楚王到了极点。他便日夜地考虑，打算向楚王去报仇。

点评

因莫邪生下的孩子，眉梢之间看起来有一尺，故取名尺比，将近一尺的意思，外号叫眉间尺。后来也有人叫他赤比。

字词释义

石础：柱子下的石墩子。

同时，有一夜，楚王做了一个梦，梦见一个双眉分离得很开的孩子，怒目向着他，厉声地对他说道：“你杀了我的父亲，现在，我要向你报仇了。”楚王惊醒之后，便叫了一个画师来，将梦中那孩子的面相告诉了他，叫他照着描画出来。画好了，楚王便叫人去把这肖像贴在热闹地方，悬着千金的赏，购买这孩子的头。

点评

赤比的特点这么明显，一旦被通缉，是很难接近楚王的。

赤比听到了这个消息，急忙逃开了去。他逃到了一个深山里，一面走着，一面唱着很悲哀的歌曲。

山里有一个人，恰巧碰见了他，便问他道：“你小小的年纪，为什么这样悲伤呢？”

赤比道：“我的父亲名叫干将，我的母亲名叫莫邪。楚王将我的父亲杀死了，我想要报仇呀！”

那人道：“我听见楚王正出了千金的赏赐，在买你的头呢！你把你的头和那柄剑交给我，我便给你去报仇！”

赤比道：“好极了！”说罢，便拿起剑来，将自己的头割下了，他举起了双手，捧了头和剑，交给了那人以后，他的尸身，却还是硬挺挺地矗立着。

点评

根据其他书籍的记载，那人身穿黑衣，也是被楚王迫害得家破人亡，故而赤比很信任他。

那人看到这种情形，便对着他的尸身道：

"请你放心，我是不会辜负你的！"于是，他的尸身才倒了下去。

那人拿了头，藏着剑去见楚王，说道："听说大王悬了赏，购买一个人的头，现在我已经取到了，特来献给大王！"

楚王将头细细地查看了一下，果然和梦中那个孩子的相貌是一模一样的，便很欢喜地立刻赏了他一千金。

那人又对楚王说道："这个是勇士的头，留着也许有祸祟（suì），应当放在大锅子里去煮烂它才是。"

楚王依了他的话，叫人拿了去煮。哪知，直煮了三日三夜，那头还是好好的，一点儿也不腐烂，而且常常从水里钻出来，怒目疾视着。

那人又去向楚王说道："这孩子的头，煮了三日三夜，仍旧煮不烂，大王何不亲自去瞧瞧呢？"楚王听了他的话，真的便亲自去查看。不料楚王的头刚伸到锅子上时，那人便拿起剑来将它割下，立刻滚到锅子里去了。那人也便将自己的头割向锅子里。于是三个头便一同煮烂，再也分辨不出哪一部分是属于谁的了。

后来，人们将这肉汤分成三处埋葬了，就称它为三王墓。这个墓，据说是在汝南郡的北宜

语言描写

以领赏的借口接近楚王，这是早就计划好的。

字词释义

祸祟：鬼神带给人的灾祸。

语言描写

引诱楚王靠近大锅，方便进行下一步计划。

点评

总结并交代了三王墓的由来。

春县。

知识拓展

也有一种说法认为，干将莫邪是为吴王阖闾铸剑。只是铸造多日铁汁都无法销熔，后来的传说便又有了三个版本：其一是莫邪将头发和指甲投入炉火，剑才得以铸成；其二是莫邪以身殉炉，以精魂铸造成宝剑；其三和本篇故事差不多，只不过没有赤比为父报仇的情节。无论吴王、楚王，爱好宝剑是他们的共同点：阖闾曾拥有三把名剑——鱼肠、磐郢、湛卢；楚王也拥有三把名剑——龙泉、太阿、工布。

延伸思考

赤比和帮他报仇的人宁愿放弃自己的生命，也要和楚王同归于尽，你如何看待这一点呢?

百科知识

汝南郡：古代豫州郡名，西汉始置，在今河南省东南部和安徽省西北部。宜春县为汝南郡所辖的一个县，治所在今河南省汝南县西南。因为南方扬州豫章郡还有一个宜春县，所以豫州这个称为北宜春县。

我的笔记

日积月累

妒恨　作弄　铸剑　降生　腐烂　怒目疾视

七夕的故事

文前小问号

自古描写七夕的诗句很多，流传下来的也很广。七夕故事中的两位主人公，何以令文人墨客如此钟爱呢？

每年夏秋之交，在天气清明的晚上，我们如果抬起头来，向天上望一望，常常可以看见，有一条灰白色的像带子一般的东西，横在半空。据传说，这是天上的一条河流，名字叫作天河。

百科知识

天河：民间传说中的天上的河流，也称银河、明河。

天河的西面，有一颗星，名字叫作牵牛；天河的东面，也有一颗星，名字叫作织女。它们隔着一条河流，面对面地永远这样站着，你们知道是什么缘故吗？

原来自天地开辟以后，天上就有一个天帝[①]管理一切。这个织女，就是那天帝的女儿。

织女生来非常聪明，手脚又十分勤快。她每天住在河东的天帝宫里，没有事做，便专心学习纺织的事情。不久，居然被她发明了一种锦，织出来五颜六色的，很是美丽。自此以后，她便格外地勉力了，一天到晚，只是忙着织锦，从来也没有浪费一刻光阴的。

自然，天帝对于这个勤劳的女儿，是十分惬意的。

这时，河西住着一个牵牛郎。天帝每天看见他牵着一头牛，一刻不停地在田里工作，也很赞美他的勤劳，因此，便把织女许配给了牵牛郎。

哪知，织女和牵牛郎结婚以后，他俩的性情却大大地改变：一年到头，织女既不再织出一匹锦来；牵牛郎也从不知道到田里去望一望。两人整日地只是贪着游戏，委实变成一对懒人了。

渐渐地，这消息竟传到了天帝的耳朵里，天帝不觉大怒，于是立刻便把织女叫了回来，不准再到河对面去和牵牛郎一块儿住——并且，定了一条规则，只准他们在每年七月七日那天晚上可

字词释义

惬意：满意，称心，舒服。

对比

与前面织女的勉力和牛郎的勤劳形成了鲜明的对比，也为后续二人被天帝拆散做了铺垫。

① 天帝：神话传说中主宰天界的神。

以会面一次。

天帝定了这条规则，在他自己想起来，总算是已经万分宽恕的了。但是，按到实际，却仍旧和永远不准见面没有什么分别。因为，他们住着的地方，隔开了这么辽阔的一条天河，那河上既没有桥梁，河里又没有船只，试问，他们还有什么方法，可以走过来相会呢？

点评

点明两人无法相会的原因。为下文做铺垫。

所以，这一年虽然已经挨到了七月七日那天晚上，可是，织女和牵牛郎，一个站在河东，一个站在河西，依旧像平日一般地，互相遥望着，依旧不能谈一句话。

站了好一会儿，他们觉得实在没有会面的希望了。不知怎的一阵心酸，两人便同时放声大哭起来。

这哭声，却惊动了天河边宿着的一群乌鹊。它们眼瞧着这种情形，很是可怜，因此，它们便张开了双翼，一只一只地接续着，飞去停在那河面上，立刻造成了一条鹊桥。

点评

写出了鹊桥是如何形成的。

织女踏在这些乌鹊的背上，一步一步地走去，居然渡过了河，和那久别的牵牛郎相见，而且诉说了许多别离后的衷曲。直等到天快亮了，织女仍旧从那鹊桥上渡过河东，那些乌鹊才散了开去。

字词释义

衷曲：衷肠；心事。

一直到现在，每年在七月七日那天晚上，我们如果细细地考察起来，全世界的乌鹊，一定要比平日少些，因为，它们都到天河上架桥去了啊！

所以每年农历七月七日那天晚上，人们也就特地替它起了个名字，叫作“七夕”。

我的笔记

知识拓展

有关七夕的故事也有另一个版本。话说牛郎织女夫妻二人成婚后幸福美满，但天上的王母娘娘震怒，将织女押解回了天上，自此二人分离。后来，家中的老牛临终前交代牛郎，扒下自己的皮披在身上，就可以飞到天上，于是牛郎披上牛皮，用箩筐挑了一双儿女，带了一个水瓢来到了银河边。谁知天上突然伸下一只大手，拿着簪子一划，就将清浅的银河变得波涛滚滚，即使三人拿水瓢也无法舀干。最后，王母到底有所松动，便允许这夫妻二人每年在七夕这一天相见一次。天上那牵牛星周围并列的两颗小星星，便是他的一双儿女。

我的收获

懒惰会毁掉一个人本已得到或即将得到的幸福。

日积月累

勤快　惬意　勉力　性情　宽恕　辽阔

衷曲

受冤的孝妇

文前小问号

有一个孝顺的媳妇，宁愿自己吃苦受累，也要让婆婆过得舒适，且从来不抱怨自己的辛苦。这样的人，可能会杀害自己的婆婆吗？如若不然，她为什么会被冤枉呢？

百科知识

东海郡：古代徐州郡名，秦代始置，在今山东省南部和江苏省北部。

字词释义

心力交瘁：心思和体力都极度劳累。

汉朝时候，东海郡有一个孝妇，姓周名青，丈夫早死，家里很贫苦。她的婆婆，年纪已经很老，一点事儿也不能做了，只靠着媳妇赚了钱来养活她。媳妇虽然很辛苦地在赚着钱，但服侍起她的婆婆却还是十分周到，使婆婆过得很舒适。自然，因此她自己便心力交瘁（cuì）了。

婆婆看了这种情形，很是可怜她，对她说道："你因为要养活我，伺候我，所以受到这种痛苦，叫我怎么忍心呢？唉，我是已经老了，活着也没用了，何必再来拖累你们年轻人呢？”

媳妇听了婆婆的话，心里很觉悲伤，但仍装着笑容，宽慰了婆婆一番。她以为婆婆听了她宽慰的话，自会安心，便自管工作去了。哪知婆婆却已抱了自杀的决心，就在这天，背着人上吊死了。

> **点评**
>
> 周青的强颜欢笑，更凸显了她的孝心。

婆婆的女儿得到这个消息，便到太守[①]那里去诬（wū）告道：“我的母亲，被嫂嫂谋杀了！”

> **字词释义**
>
> 诬告：捏造事实，伪造证据，陷害他人。

太守听了那女儿片面的话，很是愤怒，把媳妇捉了来，用了残酷的刑罚，狠毒地拷打她。媳妇受不住苦痛，把女儿诬告她的事都承认了。于是，太守定了她一个死罪。

狱吏于公却是很清明的，他看到了狱词，大抱不平，到太守那里去代她申诉道：“这个妇人，她赚钱养活婆婆，已经有了十几年了，远近的人，都称她是孝妇，照这样看起来，怎会杀死婆婆呢？狱词上所定的死罪，一定是冤枉的，还要请你再调查一下才是！”

> **语言描写**
>
> 如果一件事情很反常，那么很有可能是哪里搞错了。

但是，太守却很固执，不肯相信于公的话，

---

① 太守：春秋战国时郡设守，为一郡最高行政长官，战国时尊称太守。西汉景帝时改郡守为太守。

虽经于公竭力地争辩，还是一点没有效验。于公临走的时候，知道孝妇的冤枉没有洗白的希望了，很是伤心，不觉抱着狱词哭出声来。

字词释义

效验：成效；效果。

当孝妇周青行刑的时候，她叫人用车子载了根十丈长的竹竿矗在刑场上，竹竿上挂了五面旗子。她当着围看热闹的众人立了一个誓道："周青若是谋杀了婆婆，应当得到死罪，那么愿意将头杀下服罪，并且，把我的血泼在竹竿上，必定顺着竹竿向下流的；周青若是没有谋杀婆婆，不应得死罪的话，那么把我的血泼在竹竿上，必定向上流的。"

语言描写

听上去不可能实现的誓愿，凸显了周青的冤屈。

她立罢誓言，便到了用刑的时候。她的头被砍下后，大家看见她的血并不是鲜红的，却是青黄色的。有人把她的血泼在那根十丈长的竹竿上：奇怪，这青黄色的血，立刻向着竹竿尖倒流了上去，过了一会儿，才慢慢地流了下来。于是，孝妇周青的冤枉才大白。可是，她已经枉死了。

点评

"青黄色的血"揭示了周青的冤屈。

这时，那个太守恰巧要离任，换了一个新太守来。

于公便将这件冤枉的案件，去对新太守说了。

新太守很相信于公的话，立刻，便亲自到孝

妇坟上去祭奠，并且旌（jīng）表[1]了她的坟墓。

知识拓展

东海孝妇周青的故事对后世的影响很大，关汉卿的《窦娥冤》就采用周青在刑场上发出誓愿的情节，用看似不可能实现的三桩誓愿，昭示了窦娥的冤屈。

我的收获

如果第一任太守能够查明真相再下结论，周青可能就不用枉死了。

日积月累

服侍　心力交瘁　宽慰　诬告　拷打

承认　申诉　赚钱　冤枉　固执　效验

我的笔记

① 旌表：即表彰。多指古时官府为忠孝节义的人立牌坊赐匾额。

泰山府君

文前小问号

泰山府君为什么一开始不同意免除胡母班父亲的苦役？胡母班的儿子们为什么接二连三地死去？二者有什么联系吗？

字词释义

绛色：深红色。

百科知识

泰山府君：西汉时已出现泰山神为冥界之主，泰山为治鬼之府的观念，这种信仰在魏晋时盛极一时，而泰山神也被人格化，称泰山府君，府君所掌阴府一如阳间官府。

泰山脚下有一个姓胡名母班的人，有一次他到长安去，打从泰山旁边经过，忽然在树林里，遇见了一个穿绛（jiàng）色衣服的驺卒[①]。那驺卒一见了胡母班，便大声地说道：“泰山府君请你呢！”

胡母班被他叫住了，十分惊诧，立着一句话都说不出来。过了一会儿，又来了一个驺卒，和前个一样地向他说道：“泰山府君请你呢！”胡母班经他一催促，便不自知地跟着他走了。走了

① 驺卒：泛指一般仆役。

几十步之后，那驺卒又对他说道："现在请你将眼睛暂时闭一下，一会儿就要到了。到时我自会告诉你的，你千万不要睁开眼睛来！"

胡母班依了他的话，将眼睛闭着，只觉两脚已离了地，仿佛在空中飞腾一般，过了一会儿果然便听见那驺卒说道："到了。"他一睁开眼睛来，只见面前排列着许多高大庄严的宫室，直使他看得惊疑不止。

那驺卒便带他进了宫，拜见了泰山府君，府君十分优待他，而且特地为他设备了一桌很丰盛的酒席，府君亲自陪着他喝酒。席间，府君对他说道："我请你来没有别的用意，不过，要请你带封信给我的女婿罢了！"

胡母班受了府君殷勤的款待，知道是不会有什么恶意的，便很从容地问道："请问令婿在什么地方呢？"

府君道："我的女儿是嫁给河伯的。"

胡母班道："您叫我带信去，不晓得应该怎样送法？"

府君笑答道："你此去经过河的中流时，只要敲着船边，叫几声'青衣'，便会有人来拿的！"

胡母班喝完了酒，辞别了出来。刚才引导他

点评

闭眼即可穿越阴阳两界，这是古人的奇妙想象。

字词释义

殷勤：热情而周到。

百科知识

河伯：神话传说中的黄河水神，原名冯夷，也作冰夷、冯修。晋代干宝所作的《搜神记》记载说他过河时淹死了，就被天帝任命为河伯，管理河川，还做了泰山府君的女婿。

的那个驺卒，仍旧叫他将眼睛闭着，不久，便到了先前来的那地方。后来他坐了船，驶到河的中流，照着府君的话，将船边敲了几下，喊了几声“青衣”，果然立刻有一个婢女从河里走出来，拿了信去，便不见了。

点评

很有仪式感的一番操作。

过一会儿，婢女又出来了，对胡母班道：“河伯要请你去见一见！”

胡母班点着头答应了她。婢女也请他闭起眼来。即刻便到了河伯府里，河伯也大设酒筵（yán）请他，也是非常地殷勤。

字词释义

酒筵：酒席。

胡母班回去的时候，河伯对他说道：“劳你老远地给我带信来，我是很感激的。现在，我打算送一件东西报答你！”说着，叫身边的人，去拿了他自己穿的青丝履来，交给胡母班道：“这双青丝履请你收下，留一个纪念吧！”

胡母班回来的时候，闭着眼睛，不知怎样便回到了船里。后来他便到了长安，住了一年多。他回去的时候，经过泰山的旁边，便敲着树说道：“胡母班从长安回来了，要来报告消息。”

点评

来往人间和水府也是靠闭眼施法。这似乎是一种通用的法门。

前次那个驺卒立刻又出来引导他，嘱咐他照着老办法闭起眼睛，不久，便到了泰山府君的宫里。他便将河伯的回信，交给了府君。

府君接到信，很客气地对他说道：“多多地

烦劳了你，容我以后图报吧！”胡母班谦逊了一会儿，因为这时忽然觉得肚子有些疼，便往厕所里走去，哪知刚走进了门，就看见他已死的父亲，上着刑具，跟着和他同样的几百个人，一起在做苦工。他看了很觉伤心，急忙走过去，跪着哭起来道：“父亲，你为什么会弄到这样的呢？”

他的父亲道：“我死之后，不幸被派做三年苦役，现在已经做了两年了，困苦得真是难以形容啊！我晓得你已被府君所赏识了，你可以给我去求求府君，请他免去我这苦役，赐我做一个家乡的社公[①]吧！”

胡母班照了父亲的旨意，去请求府君。府君道：“活人和死人是处于两个境地，不可互相接近的，你父亲的苦役，你也不用去怜惜他。”后来经不得胡母班苦苦地哀恳，才允许了他的请求。

胡母班辞谢过府君，回到家里，过了一年多，不知怎的，他的儿子们都生起病来了，虽然尽心地医治着、看护着，终于是一点儿效验也没有，儿子们便这样接连地全死了。他急得什么似的，他没有别的办法了。无可奈何，只得跑到泰山旁边去，敲着树，要求府君救护。

点评

胡母班见到父亲受苦便很伤心，这是人之常情。

字词释义

赏识：认识到别人的才能或作品等的价值而给予重视或赞扬。

字词释义

旨意：意旨；意图。

点评

家里发生如此怪事，必有原因。

---

① 社公：即土地公。

他敲了几下树，那驺卒又走了出来，领着他去见府君。他对府君说道："自从我回家之后，不知道为什么，儿子们都相继死了。我怕将来还有别的祸患发生，所以急忙来告诉您，要请您可怜我，救救我才是！"

点评

父子两人原本阴阳两隔，却纠缠在一起，最终招来了灾祸。

府君很惋惜地道："从前你请求我，免去你父亲的苦役，起初我不答应，就是怕你和你父亲接近了，要得到这样的灾祸呀！"说罢，便派人去叫胡母班的父亲来问话。

不久，胡母班的父亲走了进来。府君见了他，很生气地说道："从前你叫你儿子来请求我，罢免你的苦役，回家乡去做社公，我本不愿允许你的，因为你儿子的孝心所感，便都答应了你。我想你回去之后，总应当替你儿子造些幸福了，现在，反而将孙子们都克死了，这是什么道理呢？"

胡母班的父亲被府君责问了，颤抖着答道："蒙您的恩典，使我回到久别了的故乡，心里非常开心。又得着佳肴美酒的供养，每天饱食醉酒很觉适意。因此，更加思念着孙儿们，便统统叫了他们来，和我一块住着，以便时时刻刻可以和他们会面。"

点评

胡父贪心不足，害了自己的孙儿。

府君听了这话，又狠狠地责罚了他一番。

父亲知道了自己的过错，大为伤心，流着泪

退了出去。

后来胡母班也便回去了。从此之后，他所生下来的儿子，便都没有一点儿灾殃了。

知识拓展

泰山府君是民间信仰的神，为泰山之神、地府之主。东汉时期，民间就有人死之后魂归泰山的说法，传说泰山府君五百年一换，由正直的人来担任。

日积月累

绛色　催促　暂时　飞腾　庄严　优待

殷勤　款待　苦役　赏识　旨意　境地

惋惜　责问

字词释义

灾殃：灾难；祸殃。

我的笔记